W. Somerset Maugham

Books and You

Eine kleine persönliche Geschichte der Weltliteratur

Aus dem Englischen von Matthias Fienbork

Diogenes

Umschlagillustration:
John Frederick Peto,
›Take Your Choice‹, 1885
Frontispizfoto:
W. Somerset Maugham, 1950

Bilder Innenteil: Diogenes Archiv

Originalausgabe

www.diogenes.ch
300/06/8/1
ISBN 13: 978 3 257 79712 1
ISBN 10: 3 257 79712 5

Inhalt

Vorwort 7

Englische Literatur 31
Europäische Literatur 67
Amerikanische Literatur 111

Besprochene Romane
und ihre Autoren 165

Vorwort

Die drei Aufsätze, die in diesem schmalen Band versammelt sind, habe ich ursprünglich für die *Saturday Evening Post* geschrieben. Sie erscheinen nun in der vorliegenden Ausgabe, nachdem so viele Leser den Wunsch geäußert haben, diese Artikel in etwas bleibenderer Form zu besitzen. Es sollen aber auch all jene davon profitieren, die seinerzeit nicht die Gelegenheit hatten, sie in der Zeitschrift zu lesen. Ich mußte mich auf einen Umfang von jeweils 4000 Worten beschränken, und wenn ich diese Vorgabe ein wenig überschritten habe, so ist doch klar, daß ich mein Thema auf so wenig Raum nur höchst skizzenhaft abhandeln konnte. Tatsächlich hätte jeder meiner Artikel Stoff für ein dickes Buch abgegeben. Mein Ziel war es, denjenigen Lesern, die verwirrt sind angesichts der Reichtümer, die wir von den Autoren der Vergangenheit geerbt haben, eine Liste von Büchern an die Hand zu geben, die jedermann, der an geistigen Dingen interessiert ist, mit Vergnügen und Gewinn lesen kann. Da ich aber darauf achten mußte, eine kurze Liste aufzustellen, um niemanden abzuschrecken, mußte ich viele bedeutende Werke weglassen. Bis auf wenige Ausnahmen habe ich von jedem Autor nur ein Werk genannt, doch viele Autoren – Jane Austen, Dickens, Thackeray, Balzac und Dostojewskij, um nur ein paar zu nennen – haben mehrere Bücher geschrieben, die alle einen Platz auf meiner Liste verdient hätten. Einige renommierte Autoren, wie etwa Charlotte Brontë, mußte ich übergehen, weil der Platz nur für die allerbesten reichte, und jeden Hinweis auf weniger bedeutsame Bücher (wie etwa die Biographien von Izaak Walton oder James Moriers *Abenteuer des Hadschi Baba von Isfahan*, alles wunderbare Lektüre) mußte ich mir versagen, weil ich es mir nicht erlauben konnte, Sie aufzufordern, sich mit weniger als anerkannten Meisterwerken zu befassen. Müßte ich einen Freund, der Enthusiasmus, aber nicht viel Zeit mitbrächte, durch eine antike Skulpturensammlung führen, würde ich seinen Blick auch nicht auf die römischen Büsten lenken, obgleich ich sie keineswegs als uninteressant bezeichnen würde, ja nicht einmal auf die Statuen der archaischen Epoche, so aufregend ich diese auch finde – ich würde ihn vielmehr bitten, seine ganze Aufmerksamkeit den großartigen Werken des goldenen hellenistischen Zeitalters zu widmen.

Das vorliegende kleine Buch ist zwangsläufig dünn, aber ich hoffe, daß Sie, seine Leser, es nicht oberflächlich finden. Ich habe es nicht als Kritiker geschrieben (der ich tatsächlich nicht bin), nicht einmal als berufsmäßiger Schriftsteller (denn als solcher ist mein Interesse an Literatur ein ganz besonderes), sondern als gewöhnlicher Mensch, der sich für die Menschen interessiert. Das erste, was ich von einem Buch verlangt habe, bevor ich es auf meine Liste setzte, war Lesbarkeit. *Sie* sollen diese Bücher nämlich lesen, und ich habe den Eindruck, daß für Literaturprofessoren und die Kritiker, die bei diesen studiert haben, Lesbarkeit selbstverständlich ist. Das ist sie aber keineswegs. In der Literaturgeschichte gibt es viele bedeutende Bücher, die heute, abgesehen von Studenten, niemand mehr lesen muß. Heutzutage hat kaum jemand Zeit, Dinge zu lesen, die ihn nicht unmittelbar angehen. Die im folgenden behandelten Bücher, so behaupte ich, gehen jeden an. Unter Lesbarkeit verstehe ich aber nicht, daß man ein Buch ohne innere Beteiligung lesen kann. Der Leser muß etwas von sich einbringen. Er muß sich für die menschlichen Verhältnisse interessieren, und er muß zumindest etwas Phantasie besitzen. Ich kenne eine Reihe von Menschen, die von sich sagen, sie könnten keine Romane lesen, und mir ist aufgefallen, daß sie oft zu der Ansicht neigen, sie könnten sich, weil sie mit wichtigen Dingen zu tun haben, nicht mit imaginären Ereignissen abgeben. Doch da täuschen sie sich. Entweder sind diese Menschen so sehr mit sich selbst beschäftigt, daß sie sich nicht für andere interessieren, oder sie sind, weil sie keine Phantasie haben, nicht imstande, sich in die Welt von Romanfiguren einzufühlen und deren Freuden und Schmerzen nachzuvollziehen. Kein Buch ist lesbar, wenn man keine Neugier besitzt oder Empathie aufbringen kann. Ein Buch ist nur dann lesbar, wenn es einem hier und jetzt etwas bedeutet. Lesbarkeit ist nur eine Eigenschaft neben den anderen, die es vielleicht hat, und es ist eine Eigenschaft, die mit den Interessen des Lesers zu tun hat. Ich bin sicher, daß die von mir empfohlenen Bücher im großen und ganzen den durchschnittlich interessierten Menschen ansprechen, weil sie jene Menschlichkeit besitzen, die uns allen gemeinsam ist.

Sie werden feststellen, daß das Kapitel über die Klassiker der amerikanischen Literatur in einer etwas anderen Art geschrieben ist als die beiden anderen, und ich glaube, ich sollte das erklären. Bei der europäischen Literatur war die Fülle des Stoffes so immens, daß ich nur von Büchern sprechen konnte, die nach Auffassung aller vernünftigen Menschen Meisterwerke sind. Ich mußte sie lediglich empfehlen. Wenn ich fand, daß ein Buch nahezu uneingeschränktes Lob nicht verdient hatte, brauchte ich es nicht zu erwähnen. Doch als ich zur amerikanischen Literatur kam, war ich in einer anderen Situation. Die Geschichte der amerikanischen Literatur ist kurz. Hätte ich die gleichen Maßstäbe angelegt, wären mir vielleicht vier nennenswerte Schriftsteller geblieben. Das fand ich nicht sehr nützlich. Sinnvoller erschien es mir, Ihnen zu sagen, was ich von bestimmen Autoren halte, die als Amerikaner zu Recht Ihre Aufmerksamkeit beanspruchen dürfen, die man aber, da die amerikanische Literatur nunmehr auf eigenen Beinen steht, vorurteilsfrei beurteilen sollte. Sie sollen diese Autoren lesen und selbst entscheiden, welchen Wert sie für Sie haben, unabhängig von der Meinung der Experten. Ich wiederhole hier, was ich im ersten Kapitel ausführe, daß einzig und allein Sie, die Leser, darüber entscheiden, was an einem Buch wertvoll für Sie ist, und wenn alle anderen Menschen Ihre Meinung nicht teilen, so hat das überhaupt nichts zu sagen. Für Sie ist Ihre Meinung ausschlaggebend. In Fragen der Kunst unterwerfen sich die Menschen, ganz besonders die Amerikaner, gern der Tyrannei von Professoren und Kritikern, gegen die sie rebellieren würden, wenn es um Politik ginge. Doch in der Kunst gibt es kein Richtig und Falsch. Die Beziehung zwischen dem Leser und seinem Buch ist so frei und so intim wie die Beziehung zwischen dem Mystiker und seinem Gott. Von allen Spielarten des Snobismus dürfte der literarische der übelste sein, und es ist töricht, einen Menschen dafür zu verachten, daß er eine andere Meinung über den Wert eines bestimmten Buches hat. Überheblichkeit im literarischen Urteil ist abscheulich, und man sollte sich nicht schämen, wenn einem ein Buch, das die angesehensten Kritiker in den höchsten Tönen loben, nichts bedeutet. Andererseits ist es besser, von solchen Büchern nicht schlecht zu reden, wenn man sie nicht gelesen hat. Zurück zur amerikanischen Literatur. Weil sie so jung ist und bislang nur wenig hervorgebracht hat, sind verschiedene Autoren und ihre Werke zu einem Ansehen gekommen, das meines Erachtens unverdient ist. Amerika kann es sich mittlerweile erlauben, seine Autoren ohne patriotischen Überschwang zu betrachten, sie nicht als

Amerikaner zu sehen, sondern, wie alle großen Künstler, als Bürger der Welt, und sie nach Maßgabe ihrer tatsächlichen Bedeutung bewerten.

Aufgrund der mir auferlegten räumlichen Beschränkungen konnte ich in meinem Artikel über die englische Literatur nur einige wenige Romane erwähnen. Über drei – Trollopes *Eustace-Diamanten*, Merediths *Egoist* und George Eliots *Middlemarch* – möchte ich an dieser Stelle gern noch ein paar Worte sagen. Als ich den Artikel schrieb, hatte ich sie seit Jahren nicht mehr gelesen, habe das seither aber nachgeholt. Ich schlug vor, eher *Die Eustace-Diamanten* zu lesen, weil es ein in sich geschlossenes Werk ist, statt *Die Türme von Barchester*, Trollopes bekanntestem Roman. Um *Die Türme von Barchester* wirklich würdigen zu können, müßte man wohl alle Bände der Reihe lesen, zu der dieser gehört. Weder die Motive der Figuren noch die Ergebnisse ihrer Handlungen werden halbwegs klar, solange man nicht die vorangegangenen und die folgenden Bände gelesen hat. Trollope schien mir aber nicht so bedeutend, als daß ich Sie hätte auffordern dürfen, ein halbes Dutzend eng gedruckter Bücher zu lesen, schließlich sollen Sie nur die Bücher lesen, die unterhaltsam und gewinnbringend sind. Und ich entsann mich, daß *Die Türme von Barchester* viel von jener Karikatur hat, die uns heute als ermüdendes Charakteristikum der viktorianischen Literatur erscheint. Doch nach erneuter Lektüre der *Eustace-Diamanten* möchte ich Ihnen trotz allem empfehlen, das berühmtere Buch zu lesen. *Die Eustace-Diamanten* sind gewissermaßen eine Detektivgeschichte, mit zwei sehr überraschenden Einfällen, aber die Geschichte selbst wird außerordentlich langatmig erzählt. Inzwischen haben wir gelernt, wie man Romane dieser Art schreibt. Ein moderner Autor hätte die Geschichte viel besser erzählt, weil er sich auf dreihundert Seiten beschränkt hätte. Die Figuren sind gut beobachtet, aber nicht sonderlich interessant, die meisten gehören zum Standardrepertoire der viktorianischen Literatur. Trollope, so scheint es, wollte einen dieser Romane schreiben, die Dickens so viel Ruhm eingebracht haben, allerdings ist ihm das nicht besonders gut gelungen. Die menschlichste Figur ist Lizzie Eustace. Trollope fand sie aber offenbar so unsympathisch (oder wollte zumindest, daß sie seinen Lesern so erscheint), daß er sie ungerecht behandelt. Und so, wie man Mitgefühl für einen Angeklagten hat, der vom Richter eingeschüchtert wird, ganz gleich, welches Verbrechen er begangen hat, so findet man, daß Lizzie eigentlich nicht viel schlechter war als alle anderen und deswegen die Schläge nicht verdient hat, die ihr der Autor versetzt. Man kann den Roman aber mühelos lesen, und jeder, der sich für das viktorianische England interessiert, kann die Sitten und Gepflogenheiten jener längst vergangenen Zeit mit großem Vergnügen beobachten. Dies ist ein kaltes Lob. Doch obwohl ich Ihnen empfehle, statt der *Eustace-Diamanten Die Türme von Barchester* zu lesen, muß ich sagen, daß es unklug wäre, sich allzuviel davon zu versprechen. Trollopes Qualitäten wurden in den letzten Jahren etwas überschätzt. Eine Generation lang war er nahezu vergessen, und als er dann wiederentdeckt wurde – inzwischen besaß er den Charme eines historischen Zeitstücks –, wurde ihm unverdient große Anerkennung zuteil. Trollope war ein ehrlicher und fleißiger Handwerker mit einer bemerkenswerten Beobachtungsgabe. Er hatte eine leicht pathetische Ader, und er konnte eine einfache Geschichte einfach, wenn auch furchtbar weitschweifend erzählen, hatte aber weder Leidenschaft noch Witz oder Feingefühl. Er besaß nicht die Gabe, mit einem einzigen prägnanten Wort eine Figur zu charakterisieren oder eine Szene auf den Punkt zu bringen. Interessant ist er heute wegen seines unaffektierten, präzisen und ehrlichen Porträts einer untergegangenen Gesellschaft.

Vor fünfzig Jahren las jeder intelligente, kulturinteressierte junge Mensch Meredith, und zwar mit Begeisterung. Die jungen Leute lasen Meredith, wie sie später Shaw und zehn Jahre zuvor T.S. Eliot lasen. Heute hat er vermutlich nur noch wenige junge Leser. Doch *Der Egoist* ist ein schöner Roman. Vorgestellt wird darin eine gesellschaftliche Schicht, der wir nicht mehr jenen Respekt entgegenbringen, der ihr aus Merediths Sicht zustand. Wir sehen diese Landadligen, diese vermögenden Damen, die in Kaleschen herumfahren, nicht mehr als das Salz der Erde an, ihr Verhalten erscheint uns oft vulgär und trivial. Die Welt hat sich verändert, seit Meredith seinen Roman schrieb. Heute sind wir kaum noch ernsthaft beeindruckt, wenn

Clara Middleton, eine aufstrebende junge Frau, unabhängig und aus begüterter Familie, soviel Getue um die Auflösung ihrer Verlobung mit Sir Willoughby Patterne macht, nachdem ihr klargeworden ist, daß sie nichts mehr für ihn empfindet. Mit dieser Situation würden junge Frauen unserer Zeit sehr viel leichter fertig werden. Heutzutage verlangen wir von einem Roman Glaubwürdigkeit, und wir reagieren nur verständnislos bei Schwierigkeiten, die man mit etwas gesundem Menschenverstand vermeiden kann. Als Clara am Ende beschließt, nach London auszureißen, schleicht sie sich ängstlich aus dem Haus und geht zum Bahnhof, holt sich aber in dem aufkommenden Gewitter nasse Füße, verpaßt den Zug und kehrt wieder um. Sie läßt wenig von jener Raffiniertheit erkennen, die ihr Geschlecht doch angeblich auszeichnet. Sonderbar, daß ihr nie der Gedanke kam, daß sie für die Hochzeit ein Kleid bräuchte und es überhaupt nicht merkwürdig wäre, zur Anprobe nach London zu fahren.

Merediths Bücher sind nicht einfach zu lesen. Sein gesuchter Stil, dieses gedankliche Kapriolenschlagen, ist sehr ermüdend. Fast könnte man sagen, er sei außerstande gewesen, eine einfache Aussage mit einfachen Worten zu formulieren, und sein Witz, auf den er offenbar stolz war, hat etwas Angestrengtes. Doch er konnte lebendige Figuren schaffen, die man nicht so schnell vergißt. Sie sind nicht, wie beispielsweise die Figuren in *Moby-Dick*, immer etwas überlebensgroß, aber sie sind mehr als nur gewöhnliche Menschen. Sie haben die Künstlichkeit der Personen einer Congreveschen Komödie, aber es ist keine leere Künstlichkeit. Meredith hat ihnen sein eigenes Temperament verliehen, und sie haben ihre eigene Ausstrahlung, so wie die Puppen bei E.T.A. Hoffmann, die durch einen Zauber zum Leben erweckt werden. Sie sind wahre Schöpfungen, die nur ein wahrer Romancier erfinden konnte. Eben dieses Temperament ist es, das einen in die Lage versetzt, Meredith zu lesen, wenn man ihn überhaupt lesen kann, und zwar mit Vergnügen, ungeachtet seines funkelnden Stils, seiner falschen Werte und der mitunter schwerfälligen Handlung; er entwikkelt seine Geschichte mit feinem Schwung, und man läßt sich forttragen von seiner Ausgelassenheit und der stürmischen Freude, mit der er sein schöpferisches Talent entfaltet. *Der Egoist* ist Merediths bester Roman, weil es um ein allgemein menschliches Thema geht. Der Egoismus ist die große Triebkraft der menschlichen Natur. Es ist diejenige Eigenschaft, die wir nie abschütteln können (ich scheue mich, ihn als Laster zu bezeichnen, wenngleich er das häßlichste unserer Laster ist, weil er auch der Kern unserer Tugenden ist), denn der Egoismus bestimmt unser Sein. Ohne ihn wären wir nicht, was wir sind. Ohne ihn wären wir nichts. Doch müssen wir ständig danach trachten, ihm Grenzen zu setzen, und ein gutes Leben ist nur möglich, wenn wir ihn nach Kräften in Schach halten. In Sir Willoughby Patterne hat Meredith das Porträt eines Egoisten gezeichnet wie niemand vor oder nach ihm. Aber wahrscheinlich kann man dieses Buch nicht ohne Gewissensbisse lesen, denn man müßte ein noch größerer Egoist als Sir Willoughby sein, wenn man sich nicht zumindest in einigen der Charakterzüge wiedererkennt, die Sir Willoughby zu einer so verabscheuenswerten und zugleich absurden Figur machen. Zu Recht hat Meredith darauf hingewiesen, daß diese armselige Figur für uns alle stehe. Wenn ich Ihnen also empfehle, den *Egoist* zu lesen, dann nicht nur, weil es ein lebendiger, unterhaltsamer Roman ist, sondern weil Sie vielleicht etwas über sich erfahren, was zu wissen sich lohnt.

Nun komme ich zu *Middlemarch*. Einfach als Erzählung betrachtet, erscheint mir dieser Roman besser als die beiden, die ich gerade vorgestellt habe. *Middlemarch* ist handwerklich ausgezeichnet. Vom Aufbau her kann es nicht ganz einfach gewesen sein, denn George Eliot porträtiert nicht eine Gruppe von Personen einer bestimmten gesellschaftlichen Schicht, sondern verschiedene Gruppen in verschiedenen Schichten. Der Roman führt den Landadel vor, der auf seinen Besitzungen in der Umgebung der Stadt Middlemarch lebt, und die Arbeiter, Händler und Kaufleute des bürgerlichen Mittelstands, die in der Stadt leben. Man muß sich, anders als bei so vielen Romanciers, nicht mit dem Schicksal von zwei, drei Menschen beschäftigen, die gewissermaßen in einem Vakuum existieren, ohne Bezug zur realen Welt, sondern mit dem Schicksal der Menschen in den unterschiedlichsten Lebensverhältnissen, die unsere Welt prägen. Und diese verschiedenen Geschichten werden sehr geschickt miteinander verknüpft. Auch konzentriert sich das Interesse des Lesers – wie so oft, wenn weniger begabte Schriftsteller sich an dieser komplizierten Form der Erzählung versuchen – nicht auf eine Handvoll Personen, so daß man sich nur ungern den anderen zuwendet; George Eliot lenkt die Sympathien des Leser auf alle Figuren, und bewegt sich so natürlich von einer Gruppe zur anderen, wie wir uns im richtigen Leben von den Menschen auf der einen Seite zu denjenigen wenden, die auf der anderen Seite stehen. Dadurch gewinnt der Roman eine einzigartig realistische Atmosphäre. Die Handlung beginnt zwar in einer Zeit, als George IV. noch König von England war, aber wir sagen uns, daß dies dem Leben entspricht, wie wir es kennen. Die Figuren, und es gibt sehr viele, sind wunderbar natürlich. Sie werden präzise beobachtet, Menschen mit ihren persönlichen Eigenheiten, jeder steht auf eigenen Beinen. Allerdings besaß die Autorin keine Glut, so daß sie ihren Figuren nicht jene erzengelhafte Qualität verleihen konnte, die George Meredith so oft den seinen zu geben wußte (dies scheint mir übrigens hinreichend zu erklären, warum Clara Middleton keinen einzigen Gedanken an ihre Brautausstattung verschwendet, denn ein Erzengel braucht gewiß kein Hochzeitskleid). George Eliot sah ihre Figuren kühl und genau, aber voller Sympathie. Ihre Helden sind nicht heldenhafter als wir und ihre Schurken nicht niederträchtiger. Sie konnte so sehr in die Haut ihrer Figuren schlüpfen, daß wir die Charaktere nicht nur mit den Augen der anderen sehen, sondern auch wie sie sich selbst sehen, und so ist Mr. Casaubon nicht nur eine verabscheuenswerte, sondern auch eine bemitleidenswerte Figur. Sie alle haben etwas Modernes an sich, da sie nicht ausschließlich mit ihren Gefühlen beschäftigt sind. Sie sind in der Politik tätig und interessieren sich für die

Probleme ihrer Zeit. Sie werden, genau wie wir, mit wirtschaftlichen Fragen konfrontiert. Sie haben nicht nur eine Seele, sondern auch einen Kopf. Sie sind im Grunde nicht viel anders als wir. Zusammenfassend könnte ich mein Urteil über *Middlemarch* vielleicht so formulieren: George Eliot besaß alle Talente eines großen Schriftstellers, bis auf Leidenschaft. Kein englischer Autor hat das Leben reicher und stimmiger porträtiert. Ihrer vernünftigen und mitfühlenden Beobachtung fehlt einzig das Romantische.

Zum Schluß möchte ich noch etwas nachtragen. Als ich in meinem Artikel auf Anthologien zu sprechen kam, vergaß ich Robert Bridges' *The Spirit of Man* zu erwähnen. Ein Rezensent bemängelte, daß ich das *Oxford Book of English Verse* empfohlen hatte, das er für schlecht hielt. Ich kann mich dem Urteil des Kritikers nicht anschließen, gebe aber gern zu, daß der Schlußteil des Buchs einige Gedichte enthält, auf die man verzichten kann. Das ist unvermeidlich – eine Anthologie ist Ausdruck der Sichtweise des Herausgebers, und es mag sein, daß sein Geschmack ihn im Stich läßt, wenn er, durchaus sicher im Umgang mit Autoren der Vergangenheit, sich zeitgenössischen Autoren zuwendet. Die Zeit wirkt sich gnadenlos auf das Werk unserer Zeitgenossen aus. Niemand kann genau sagen, ob das, was uns heute fasziniert, auch die nächste Generation faszinieren wird. Aber wohl nur ein Nörgler dürfte an *The Spirit of Man* etwas auszusetzen haben. Diese Anthologie ist ein sehr entschiedener Ausdruck einer persönlichen Haltung, so daß der Leser nichts darin finden wird, was dieser Haltung nicht entspricht. Aber sie bietet viel Hervorragendes, das den meisten Lesern unbekannt sein wird, denn Robert Bridges war gebildet, urteilssicher und ein Freund alles Schönen. *The Spirit of Man* ist ein großmütiges und erhebendes Buch.

Ich schließe mit einem Zitat aus einem Brief von Dr. Johnson an Miss Thrale. »Wer nicht liest«, schreibt er, »wird nicht viel denken und wenig zu sagen haben.«

Englische Literatur

Man achtet nicht immer so genau auf seine Worte, wie man das eigentlich sollte. Als ich in meinem Buch *Die halbe Wahrheit* schrieb, daß junge Menschen sich oft bei mir erkundigten, welche Bücher zu lesen sinnvoll wäre, hatte ich nicht mit den Folgen gerechnet. Ich erhielt unzählige Briefe von allen möglichen Leuten, die mich fragten, was ich ihnen denn empfehlen würde. Ich antwortete, so gut ich es eben konnte, aber solche Dinge lassen sich in einem privaten Brief nicht umfassend behandeln. Und da offenbar viele Menschen an meinem Rat interessiert sind, kam mir der Gedanke, in knapper Form darzustellen, welche Bücher ich, aufgrund meiner eigenen Erfahrung, als angenehme und gewinnbringende Lektüre vorschlagen würde.

Zunächst einmal möchte ich festhalten, daß das Lesen Vergnügen bereiten sollte. Selbstverständlich gibt es viele Bücher, die wir lesen müssen – um uns auf Prüfungen vorzubereiten oder um uns Kenntnisse anzueignen –, aber vergnüglich sind sie kaum. Sie sind lehrreich, und wir können nur hoffen, daß wir sie, weil sie nötig sind, ohne ein Gefühl der Langeweile hinter uns bringen. Solche Bücher lesen wir eher fügsam als beschwingt. Doch das ist nicht die Art Lektüre, von der ich reden will. Die Bücher, die ich im folgenden erwähne, werden Ihnen nicht helfen, ein Examen zu bestehen oder Ihren Lebensunterhalt zu verdienen, sie werden Ihnen nicht erklären, wie man segelt oder ein stehengebliebenes Automobil wieder flottmacht, aber sie werden Ihnen zu einem reicheren Leben verhelfen. Das können sie freilich nur, wenn die Lektüre Ihnen Vergnügen bereitet.

Der Leser, an den ich mich hier wende, ist

ein Erwachsener, dessen Beruf ihm eine gewisse Muße erlaubt und der gern die Bücher lesen möchte, die nicht gelesen zu haben ein Verlust wäre. Ich wende mich nicht an den Bücherwurm. Der findet sich schon allein zurecht. Seine Neugier führt ihn auf viele einsame Pfade, und es bereitet ihm Genuß, halbvergessene Schätze zu entdecken. Ich möchte mich nur mit solchen Büchern beschäftigen, die schon lange als überragende Meisterwerke gelten. Jeder sollte sie gelesen haben. Daß so wenige sie tatsächlich gelesen haben, ist bedauerlich. Doch es gibt Meisterwerke, die von den besten Kritikern als solche angesehen werden und mit denen sich die Literaturwissenschaft ausführlich beschäftigt, die heutzutage aber kein gewöhnlicher Mensch mehr mit Vergnügen lesen kann. Sie sind wichtig für den Studenten, aber im Wandel der Zeiten und des Geschmacks haben sie ihren Reiz eingebüßt, so daß man sie heute kaum noch ohne Willensanstrengung lesen kann. Um Ihnen ein Beispiel zu geben: Ich habe *Adam Bede* von George Eliot gelesen, ich kann aber nicht die Hand aufs Herz legen und sagen, die Lektüre habe mir Freude bereitet. Ich habe das Buch aus einem Pflichtgefühl heraus gelesen und es mit einem Seufzer der Erleichterung beendet.

Von solchen Büchern soll hier freilich nicht die Rede sein. Jedermann ist sein bester Kritiker. Ganz gleich, was Akademiker über ein Buch sagen, wie einmütig sie es auch preisen mögen – wenn es Sie nicht interessiert, kann es Ihnen egal sein. Vergessen Sie nicht, daß Kritiker sich oft irren, in der Geschichte der Literaturkritik wimmelt es von Fehlurteilen der bedeutendsten Köpfe, und letztlich befinden Sie, der Leser, über den Wert, den ein Buch für Sie hat. Das gilt natürlich auch für alle Bücher, die ich Ihnen auf den folgenden Seiten empfehlen werde. Keiner von uns ist exakt so wie der andere, wir sind einander nur ähnlich, und es wäre unvernünftig anzunehmen, daß die Bücher, die mir viel bedeuten, auch Ihnen viel bedeuten werden. Doch es sind Bücher, die mich bereichert haben, und ohne sie wäre ich vermutlich nicht ganz der, der ich bin. Und so bitte ich Sie, die Sie diese Zeilen lesen: Sollten Sie geneigt sein, die von mir vorgeschlagenen Bücher zu lesen, mit ihnen aber nicht zurechtkommen, legen Sie sie einfach beiseite – Sie werden nichts davon haben, wenn Ihnen die Lektüre kein Vergnügen bereitet. Niemand ist verpflichtet, Gedichte, Romane oder Erzählungen zu lesen. Man muß sie zum Vergnügen lesen, und wer wird schon behaupten, daß das, was dem einen gefällt, zwangsläufig auch dem anderen gefällt?

Trotzdem sollte Vergnügen nicht als verwerflich gelten. Das Vergnügen an sich ist ein großes Gut, jedes Vergnügen. Aber seine Auswirkungen können dergestalt sein, daß vernünftige Menschen gewisse Varianten scheuen. Das Vergnügen muß auch keineswegs derb und sinnlich sein. Derjenige ist weise, der erkannt hat, daß intellektuelle Freuden die erfüllendsten und dauerhaftesten sind. Es gibt wenige Sportarten, die man zu seinem eigenen Vergnügen ausüben kann, wenn man die Blüte des Lebens hinter sich gelassen hat. Bis auf Patience, Schachprobleme und Kreuzworträtsel gibt es keine Spiele, die man ganz allein spielen kann. Das Lesen ist frei von solchen Nachteilen. Es gibt keine Tätigkeit (ausgenommen vielleicht die Handarbeit, doch die vermag den unruhigen Geist nicht zu fesseln), die man leichter aufgreifen kann, jederzeit und beliebig lange, und die man leichter wieder beiseite legen kann, wenn andere Dinge rufen. In dieser erfreulichen Zeit öffentlicher Bibliotheken und billiger Ausgaben ist kein anderes Vergnügen so günstig zu haben. Sich das Lesen zur Gewohnheit zu machen heißt, sich einen Ort zu schaffen, an den man sich vor fast allem Elend des Lebens zurückziehen kann. Ich sage »fast allem«, denn ich würde nicht so weit gehen und behaupten, das Lesen eines Buchs könne Hunger stillen oder den Schmerz unerwiderter Liebe lindern. Mit einem halben Dutzend guter Kriminalromane und einer Wärmflasche kann man jedoch die schlimmste innere Kälte vertreiben. Aber wer wird sich das Schmökern zur Gewohnheit machen, wenn er Bücher lesen soll, die ihn langweilen?

Es ist sinnvoll, die Bücher, denen ich mich nunmehr zuwende, in chronologischer Folge vorzustellen, aber ich wüßte nicht, warum Sie sich an diese Reihenfolge halten sollten, wenn Sie beschließen, diese Werke zu lesen. Ich glaube, Sie wären besser beraten, nach Lust und Laune vorzugehen. Ich wüßte nicht einmal, warum Sie sie nacheinander lesen sollten. Ich persönlich lese gern vier oder fünf Bücher parallel. Schließlich ist man nicht jeden Tag in der gleichen Stimmung, und man hat auch keine Lust, ein und dasselbe Buch zu jeder Tageszeit zu lesen. Wir sollten uns in diesen Dingen nach unseren Bedürfnissen richten, und ich habe naturgemäß eine Praxis entwickelt, die mir am besten paßt. Morgens, bevor ich mit der Arbeit beginne, lese ich eine Weile in einem wissenschaftlichen oder philosophischen Buch, das einen frischen und wachen Geist erfordert. Damit beginne ich den Tag. Später, wenn die Arbeit getan ist und ich entspannt bin, aber keine Lust habe, meinen Kopf mit allzu schwierigen Dingen anzustrengen, lese ich Geschichtsbücher, Essays, literaturwissenschaftliche Werke oder Biographien. Und abends lese ich einen Roman. Außerdem habe ich immer ein paar Gedichte zur Hand, für den Fall, daß ich dafür in Stimmung bin, und auf meinem Nachttisch liegt eines dieser (leider viel zu seltenen) Bücher, die man irgendwo aufschlagen und am Ende irgendeines Absatzes mit Gleichmut wieder weglegen kann.

Das erste Buch auf meiner Liste ist Defoes *Moll Flanders*. Keinem englischen Schriftsteller sind echtere Figuren gelungen als Defoe. Wer dieses Werk liest, vergißt leicht, daß er eine fiktive Erzählung liest. Es erinnert eher an eine meisterhafte Reportage. Man ist überzeugt, daß die Personen genauso gesprochen haben, wie sie bei ihm sprechen, und ihre Handlungen sind so plausibel, daß man keinen Augenblick bezweifelt, daß sie sich unter den gegebenen Bedingungen genau so verhalten haben. *Moll Flanders* ist kein moralisches Buch. Es ist lärmend, ungehobelt und brutal, aber es hat eine Derbheit, die meiner Ansicht nach im Charakter der Engländer liegt. Defoe besaß wenig Phantasie und nicht viel Humor, aber eine reiche Lebenserfahrung, und als exzellenter Journalist hatte er ein waches Auge für spektakuläre Ereignisse und aufschlußreiche

Daniel Defoe

Einzelheiten. Er hatte keinen Sinn für Dramatik, für Struktur. Und so wird der Leser auch nicht von einer Macht mitgerissen, der er gar nicht widerstehen will, sondern er läßt sich gewissermaßen in der Menge weitertreiben, und vielleicht wird er, wenn er zu einer Seitengasse kommt, dort abbiegen und sich davonmachen. Vielleicht hat er, um es offen zu sagen, nach ein paar hundert Seiten, auf denen praktisch immer das gleiche passiert, ein Gefühl der Sättigung. Nun, daran ist nichts auszusetzen. Ich für meinen Teil bin aber durchaus gewillt, meinen Autor noch weiter zu begleiten, bis seine ordinäre Heldin reumütig im Hafen der Ehrbarkeit gelandet ist.

Sodann möchte ich Ihnen Swifts *Gullivers Reisen* ans Herz legen. Mit Dr. Johnson werde ich mich später beschäftigen, aber hier muß ich zitieren, was er einmal über Swifts Buch gesagt hat: »Wenn man einmal den Einfall mit den großen Menschen und den kleinen Menschen gehabt hat, ist alles übrige ein Kinderspiel.« Dr. Johnson war ein hervorragender Kritiker und ein sehr kluger Mann, aber diese Bemerkung ist Unsinn. *Gullivers Reisen* hat Witz und Ironie, enorme Phantasie, viel Humor, unbändige Satire und Kraft. Swifts Stil ist bewundernswert. Niemand hat das Englische, diese schwere Sprache, je klarer, konziser und natürlicher geschrieben als Swift. Ich wünschte, Dr. Johnson hätte von ihm gesagt, was er von einem anderen Autor sagte: »Wer einen englischen Stil erreichen will, geläufig, aber nicht derb, elegant, aber nicht pompös, muß sich Tag und Nacht den Werken Addisons widmen.« Er hätte seinen Adjektiven ein drittes Paar hinzufügen können: männlich, aber nicht überheblich.

Als nächstes kommen zwei Romane. Fieldings *Tom Jones* ist wohl der stärkste Roman der englischen Literatur. Es ist ein verwegenes, mutiges und fröhliches Buch,

Jonathan Swift

kraftvoll und großzügig. Es ist zweifellos sehr offenherzig, und der gutaussehende und vitale Tom Jones, ein freundlicher Bursche, dem wir alle gern begegnet wären, tut ein paar Dinge, die der Moralist beklagen würde. Aber macht uns das etwas aus? Nur wenn wir sinnenfeindliche Trauerklöße sind, denn Tom Jones ist selbstlos und hat ein Herz aus Gold. Fielding war, anders als Defoe, ein bewußt schaffender Künstler, dessen Arbeitsmethode ihm die Gelegenheit bot, eine Fülle von Ereignissen zu schildern und zahlreiche Personen zu erfinden. Sie alle leben in einer Welt, die durchdrungen ist vom Trubel und Durcheinander der Realität. Fielding nahm sich ernst – wie das jeder Autor tun sollte – und äußerte sich zu vielen Themen, die er für bedeutsam hielt. Jedes Kapitel leitet er mit einer theoretischen Betrachtung ein, in der er verschiedene Dinge erörtert. Sie sind humorvoll und aufrichtig, aber meiner Ansicht nach kann man sie überspringen, ohne daß einem etwas entgeht. Ich glaube, daß niemand *Tom Jones* ohne Vergnügen lesen kann, denn es ist ein kraftvolles, ehrliches Buch, das den Leser in seinem Innersten erfreut.

Sternes *Tristram Shandy* ist ein Roman von ganz anderer Art. Von ihm könnte man sagen, was Dr. Johnson über *Sir Charles Grandison* gesagt hat: »Ja, wenn einer Richardson der Handlung wegen lesen wollte, da könnte er freilich aus der Haut fahren.« Es ist ein Buch, das man, je nach Temperament, durchaus lesbar oder aber ermüdend und affektiert finden wird. Es besitzt keine Einheit, es besitzt keine Kohärenz, Abschweifung folgt auf Abschweifung. Aber es ist wunderbar originell, humorvoll und anrührend, und der Leser begegnet einem halben Dutzend Personen, die so eigensinnig und liebenswert sind, daß man das Gefühl hat, ihnen nicht begegnet zu sein wäre ein unwiederbringlicher Verlust. Auch Sternes

Empfindsame Reise sollte jeder lesen. Ich kann nur dazu sagen, daß es ein bezauberndes Werk ist.

Nun wollen wir uns kurz von der Romanliteratur abwenden. Boswells *Dr. Samuel Johnson – Leben und Meinungen* dürfte allgemein als die bedeutendste englischsprachige Biographie gelten. Es ist ein Buch, das man in jedem Alter mit Gewinn und Vergnügen lesen kann. Man kann es zu jeder Zeit in die Hand nehmen, irgendeine Seite aufschlagen und gewiß sein, etwas Unterhaltsames zu lesen. Ein solches Werk aber noch immer zu loben ist absurd. Ich möchte ihm jedoch ein Werk an die Seite stellen, das – aus meiner Sicht unverdientermaßen – weniger bekannt ist. Es ist Boswells *Tagebuch einer Reise nach den Hebriden*. Nachdem Colonel Isham die Boswellschen Manuskripte erworben hatte, erschien eine neue und ungekürzte Ausgabe, denn Boswells Manuskript war ja bekanntlich von Edmond

James Boswell

Malone herausgegeben worden, der es entsprechend dem Geschmack seiner Zeit geglättet, also vieles gestrichen hatte, was dem Buch seinen Charakter gab. Sie erfahren hier viel über Johnson und Boswell, und wenn es Ihre Zuneigung und Bewunderung für den kernigen alten Doktor vermehrt, so steigert es auch Ihre Anerkennung für seinen armen, verspotteten Biographen. Man verachte nicht den Schriftsteller, der ein so scharfes Auge für die amüsante Begebenheit hatte, der geistreiche Formulierungen schätzte und das seltene Talent besaß, die Atmosphäre einer Szene und die Lebendigkeit einer Unterhaltung wiederzugeben.

Die Figur des Dr. Johnson prägt das achtzehnte Jahrhundert, und er gilt gemeinhin als Inbegriff des englischen Charakters mit seinen großartigen Stärken und unseligen Schwächen. Wenn wir seine Biographie gelesen haben, so daß wir ihn besser kennen als manch einen, mit dem wir das Leben ver-

Dr. Samuel Johnson

bracht haben, so haben doch nur wenige von uns etwas aus seiner eigenen Feder gelesen. Er schuf aber mindestens ein Werk, das in höchstem Maße unterhaltsam ist. Als Ferien- oder Nachttischlektüre wüßte ich kein besseres Buch als Johnsons *Leben der englischen Dichter*. Es ist in klarem Stil geschrieben. Es ist sarkastisch und witzig. Es strotzt von gesundem Menschenverstand. Wenn uns seine Urteile zuweilen auch verblüffen – Gray fand er langweilig, und über Miltons *Lycidas* hatte er wenig Gutes zu sagen –, so ist man doch von seinen Auffassungen angetan, weil sie Ausdruck seiner Persönlichkeit sind. Die Menschen, über die er schrieb, interessierten ihn ebenso wie ihre Werke, und wenn Sie auch keine Zeile von diesen gelesen haben, so werden Sie seine klugen, lebendigen und einfühlsamen Autorenporträts gewiß unterhaltsam finden.

Als nächstes komme ich zu einem Buch, das ich mit Zögern nenne, denn ich will hier ja, vergessen Sie das nicht, nur von Büchern sprechen, die nicht gelesen zu haben ein Jammer wäre, und obgleich mir Gibbons Autobiographie sehr am Herzen liegt, bin ich mir nicht ganz sicher, ob es viel geändert hätte, wenn ich sie nicht gelesen hätte. Ich hätte gewiß ein großartiges Vergnügen verpaßt, aber wenn ich das Buch erwähne, müßte ich auch viele andere Werke erwähnen, die nicht ganz an die allergrößten heranreichen, für die andere Maßstäbe gelten, und sie würden ein eigenes Kapitel für sich beanspruchen. Gibbons Autobiographie ist jedoch ausgesprochen lesbar. Sie ist kurz, von jener besonderen stilistischen Eleganz, die er meisterlich beherrschte, und sie hat Würde und Humor. Von letzterem muß ich unbedingt ein Beispiel nennen. Gibbon verliebte sich in Lausanne, doch da sein Vater ihn zu enterben drohte, gab er den Gedanken, das Objekt seiner Gefühle zu heiraten, klugerweise auf. Die Schilderung dieser Episode beendet er mit diesen Worten: »Ich seufzte als Liebhaber, ich gehorchte als Sohn, und meine Wunde heilte unmerklich durch Zeit, Abwesenheit und die Gewohnheiten eines neuen Lebens.« Auch wenn das Buch nichts anderes enthielte, lohnte sich seine Lektüre allein wegen dieses köstlichen Satzes.

Die chronologische Ordnung, an die ich mich bislang grob gehalten habe, möchte ich nun aufgeben, um von zwei großen Romanen zu sprechen, *David Copperfield* und Butlers *Der Weg allen Fleisches*. Dies nicht nur, weil sie in der großen Tradition des englischen Romans stehen, sondern weil sie vor allem auch jene Züge haben, die mir, wenn ich an die Werke denke, die ich bis jetzt kurz vorgestellt habe, charakteristisch für die englische Literatur erscheinen. Mit Ausnahme von vielleicht *Tristram Shandy* ist all diesen Büchern etwas Robustes, Direktes, Humorvolles und Kraftvolles ge-

Charles Dickens

meinsam, das meines Erachtens typisch für mein englisches Volk ist. Diese Bücher sind nicht sonderlich raffiniert, und es fehlt ihnen auch ein gewisses Feingefühl. Es ist eine Literatur von Männern der Tat, weniger von Männern der Reflexion. Dieser Literatur eignet viel gesunder Menschenverstand, Sentimentalität und viel Menschlichkeit. Zu *David Copperfield* kann man nur sagen, daß es Dickens' bester Roman ist. Die Schwächen des Autors fallen hier am wenigsten auf, seine Stärken sind hier am deutlichsten. Viele lange Romane sind seit dem *Weg allen Fleisches* geschrieben worden, aber es dürfte der letzte englische Roman großen Stils sein. Es ist der letzte bedeutsame Roman, der nicht den herausragenden französischen und russischen Schriftstellern verpflichtet ist. Er ist ein würdiger Nachfolger von *Tom Jones*, und sein Autor hatte etwas von jenem alten Lexikographen, den wir gemeinhin als den typischen Engländer ansehen.

Doch nun kehre ich zu Jane Austen zurück. Ich würde nicht behaupten, daß sie die größte aller englischen Romanciers sei. Das ist noch immer Dickens, trotz all seiner Schwächen, den Übertreibungen, der Vulgarität, Langatmigkeit und Sentimentalität. Er war gewaltig. Er beschrieb nicht die Welt, wie wir sie kennen, er schuf eine Welt. Er hatte Spannung, Dramatik und Humor und konnte daher das Leben in seiner Mannigfaltigkeit und seinem Getümmel vermitteln, wie es meiner Meinung nach außer ihm wohl nur noch Tolstoi gelang. Mit seiner enormen Vitalität schuf er die unterschiedlichsten Figuren, eigene Charaktere, die vor Lebendigkeit nur so sprühen. Seine komplizierten und oft sehr unwahrscheinlichen Geschichten gestaltete er mit einem atemberaubenden Geschick, das wohl nur andere Schriftsteller richtig zu würdigen wissen. Jane Austen indes ist vollkommen. Zwar ist ihr Horizont beschränkt, sie beschäftigt sich mit der kleinen Welt von Landadligen, Pastoren und Angehörigen der bürgerlichen Schicht, aber wer kann es aufnehmen mit ihrem Blick für den menschlichen Charakter, den sie mit unübertroffenem Feingefühl und Verstand erforschte? Meiner Anerkennung bedarf sie nicht. Das einzige Charakteristikum, auf das ich Sie doch hinweisen möchte, kommt so mühelos daher, daß man es fast für selbstverständlich halten möchte. Obwohl in ihren Geschichten im Grunde nicht viel Aufregendes passiert und dramatische Begebenheiten kaum vorkommen, ist man verführt, ich weiß nicht warum, immer weiterzulesen, weil man unbedingt wissen will, was als nächstes passiert. Und das ist die wichtigste Gabe des Romanschriftstellers. Ohne sie kann er einpacken. Ich wüßte nicht, wer diese Gabe in so hohem Maß besessen hat wie Jane Austen. Meine einzige Schwierigkeit ist jetzt die, daß ich entscheiden muß, welchen ihrer wenigen Romane

Jane Austen

ich besonders empfehlen will. Mir persönlich gefällt *Mansfield Park* am besten. Ich weiß sehr wohl, daß die weibliche Hauptfigur ein kleiner Snob und die männliche ein pompöser Dummkopf ist, aber das ist mir egal. Der Roman ist klug, witzig und zart, ein Meisterwerk von ironischem Temperament und feinsinniger Beobachtung.

Nun möchte ich Sie auf Hazlitt hinweisen. Er steht im Schatten von Charles Lamb, aber ich halte ihn für den besseren Essayisten. Charles Lamb, charmant, liebenswürdig, witzig, ein Mensch, den man nur gern haben konnte, kam bei seinen Lesern immer an. Anders Hazlitt, der rüde, taktlos, neidisch und zänkisch war, im Grunde ein unsympathischer Mensch, aber leider sind es nicht immer die ehrenwertesten Menschen, die die besten Bücher schreiben. Am Ende zählt nur die künstlerische Persönlichkeit, und ich für mein Teil finde den gequälten, grübelnden, bissigen Hazlitt interessanter als den freundlichen, aber doch etwas sentimentalen Charles Lamb. Als Autor war Hazlitt kraftvoll, kühn und zupackend. Was er zu sagen hatte, sagte er mit Entschiedenheit. Seine Essays sind gehaltvoll, und nach ihrer Lektüre hat man das Gefühl, seinen Appetit mit etwas Nahrhaftem befriedigt zu haben, während einem nach der Lektüre eines Lambschen Essays ist, als habe man ein paar leckere Häppchen zu sich genommen. Zahlreiche von Hazlitts besten Arbeiten sind in seinen *Tischgesprächen* versammelt, und es gibt auch eine Auswahl von Essays, aber keiner kann es mit *My First Acquaintance with Poets* aufnehmen, was vermutlich nicht nur das packendste Stück ist, das er je geschrieben hat, sondern auch der wunderbarste Essay in englischer Sprache.

Nun noch zwei weitere Romane: Thackerays *Jahrmarkt der Eitelkeit* und Emily Brontës *Sturmhöhe*. Zu ihnen kann ich nicht viel sagen, da mir nur noch wenig Platz bleibt. Moderne Kritiker neigen dazu, an Thackeray herumzumäkeln. Vielleicht lebte er in der falschen Epoche. Er hätte in unserer Zeit leben und schreiben sollen, frei von den Konventionen, die den viktorianischen Schriftsteller daran hinderten, die Wahrheit, wie er sie sah, zu erzählen, so bitter sie auch sein mochte. Seine Sichtweise war modern. Er war sich der Durchschnittlichkeit der Menschen deutlich bewußt und interessierte sich für ihre inneren Widersprüche. Und so sehr man seine Sentimentalität und seinen predigerhaften Ton beklagen oder die Schwäche bedauern mag, die ihn dazu brachte, sich den Forderungen der Öffentlichkeit übermäßig zu beugen, Tatsache ist, daß er mit Becky Sharp eine der lebendigsten, echtesten und eindringlichsten Romanfiguren der englischen Literatur geschaffen hat.

Sturmhöhe ist einzigartig. Dieser Roman ist nicht ganz leicht zu lesen, weil die Hand-

Emily Brontë

lung mitunter so unwahrscheinlich anmutet, daß man völlig irritiert ist. Aber er ist leidenschaftlich und sehr bewegend. Er hat die Tiefe und die Kraft eines großen Gedichts. Dies ist kein Roman, bei dem sich der gefesselte Leser notfalls in Erinnerung rufen kann, daß da nur eine Geschichte erzählt wird – hier hat er das Gefühl, selbst eine niederschmetternde Lebenserfahrung zu machen.

Drei Romane, die nicht gelesen zu haben sehr schade wäre, kann ich hier nur nennen. Es sind dies George Eliots *Middlemarch*, Trollopes *Die Eustace-Diamanten* und Merediths *Der Egoist*.

Sie werden, vielleicht mit Überraschung, bemerkt haben, daß ich bislang nicht über Lyrik gesprochen habe. Ich finde nicht, daß unsere Nation Maler, Bildhauer oder Komponisten hervorgebracht hat, die es mit den großen Meistern anderer Länder aufnehmen könnten. Ihre Werke sind eher respektabel als herausragend. Ich halte es aber nicht für überheblich, wenn ich behaupte, daß unsere Dichter ausgezeichnet sind. Da aber die Lyrik Blüte und Krönung der Literatur ist, kann sie sich Mittelmäßigkeit nicht leisten. Ich erinnere mich an Edmund Gosse, der mir einmal sagte, daß ihm ein paar mittelmäßige Gedichte lieber seien als ein durchschnittlicher Roman. Man brauche nicht so viel Zeit dafür, und es erfordere keine geistige Anstrengung. Nun ja, ich persönlich kann mit Gedichten nicht viel anfangen, so vorzüglich sie auch sein mögen. Für mich zählt nur die wirklich große Lyrik, ansonsten lese ich lieber Zeitung. Gedichte kann ich nicht jederzeit und überall lesen. Ich muß in einer besonderen Stimmung sein, und ich brauche eine entsprechende Umgebung. Gedichte lese ich gern in einem Garten, wenn sich der Sommertag dem Ende neigt. Ich mag es, auf einem Felsen mit Blick auf das Meer zu sitzen oder auf einem Wiesenhang zu liegen und den mitgebrachten Gedichtband aus der Tasche zu ziehen. Aber noch die größten Dichter haben vieles geschrieben, das mühsam zu lesen ist. Viele Versschmiede haben endlose Bände geschrieben und am Ende nicht mehr als zwei, drei Gedichte hervorgebracht. Ich finde, das reicht durchaus, aber ich möchte nicht so viel lesen müssen, um am Ende so wenig davon zu haben. Ich mag Anthologien. Kritiker verachten sie. Um einen Autor zu beurteilen, sagen sie, müsse man ihn vollständig lesen. Aber ich lese Gedichte nicht als Kritiker, ich lese sie als ein Mensch, der Trost, Anregung und Frieden sucht. Ich bin dem aufmerksamen Herausgeber dankbar, der sich die Mühe gemacht hat, aus der Fülle englischer Lyrik all das auszusondern, was nicht so gut ist, und mir zur Lektüre nur das zu lassen, was meinem Geschmack entspricht. Die drei besten Anthologien, die ich kenne, sind Palgraves *Golden Treasury*, das

Oxford Book of English Verse und die wunderbare *English Galaxy of Shorter Poems* von Gerald Bullett. Aber wir leben in der heutigen Welt und sollten die Dichter unserer Zeit nicht vernachlässigen. Auch sie haben uns vielleicht etwas zu sagen. Leider ist die einzige mir bekannte Anthologie moderner Lyrik so unbrauchbar, daß ich sie nicht einmal erwähnen möchte.

Natürlich muß jeder die großen Tragödien Shakespeares lesen. Er ist nicht bloß der größte Dichter aller Zeiten, sondern der Ruhm unserer Nation. Da ich diese Bühnenstücke aber recht gut kenne, wünschte ich, es fände sich jemand mit Geschmack, Kenntnis und Verstand, der eine Shakespeare-Anthologie herausgibt, in der nicht nur die berühmten Stellen versammelt sind, die jeder kennen sollte, sondern auch Fragmente, ja sogar einzelne Zeilen. So hätte ich ein Buch, zu dem ich jederzeit greifen könnte, wenn ich mich nach der Krönung aller Lyrik sehnte. (Mittlerweile hat George Rylands eine Anthologie mit dem Titel *The Ages of Man* herausgegeben, die meinen Vorstellungen denkbar nahe kommt. Es ist ein wunderbares Geschenk für eine unruhige Welt.)

Europäische Literatur

Im ersten Kapitel habe ich mich auf die Werke englischer Autoren beschränkt. Sie sind das gemeinsame Erbe der englischsprachigen Völker. Nun möchte ich Ihnen einige Bücher anderer Sprachen vorstellen, der Einfachheit halber aber nur solche, die in Übersetzung vorliegen. Das erleichtert mir meine angenehme Aufgabe, denn so kann ich Lyrik außer acht lassen. Gedichte müssen Sie im Original lesen, anders geht es nicht. Ich bin kein Dichter und äußere mich zurückhaltend über Lyrik, aber der Klang, finde ich, gehört so untrennbar zu dem Genuß, den sie bereitet, daß auch die meisterhafteste Übersetzung nur einen Eindruck von der Qualität des Originals vermitteln kann. Ich würde noch weiter gehen: Da Worte Assoziationen haben, die wir mit der

Muttermilch aufgenommen haben, Erinnerungen an die Kindheit, an die erste Liebe, können wir Gedichte im Grunde nur in unserer Muttersprache richtig würdigen.

Also werden wir uns nur mit Prosa beschäftigen. Das erste Buch, von dem ich sprechen möchte, ist *Don Quijote von la Mancha*. Shelton fertigte zu Beginn des siebzehnten Jahrhunderts eine Übersetzung an, deren Lektüre Ihnen vermutlich aber etwas mühsam erscheinen wird. Und da Ihnen das Lesen Vergnügen bereiten soll, schlage ich Ihnen Ormsbys jüngere Fassung aus dem Jahr 1885 vor. Ich möchte Sie aber gleich warnen: Cervantes, ein armer Mann, wurde dafür bezahlt, ein Werk von einem bestimmten Umfang zu liefern. Vermutlich hatte er ein paar Erzählungen in der Schublade, zu denen er griff, um das Buch zu füllen. Ich habe sie gelesen, allerdings so, wie Dr. Johnson *Das Verlorene Paradies* las – weniger zum Vergnügen denn aus Pflicht-

Miguel de Cervantes

gefühl. Und an Ihrer Stelle würde ich diese Einfügungen überspringen. Zu diesem Zweck sind sie in Ormsbys Fassung auch in kleinerer Schrift gedruckt. Schließlich will man den eigentlichen *Don Quijote* bekommen – ihn und seinen treuen Sancho Pansa. Don Quijote ist feinfühlig, loyal und edelmütig. Und obwohl man über sein Mißgeschick nur lachen kann (wir Heutigen weniger als seine Zeitgenossen, denn wir sind zartbesaiteter, und die Scherze, die ihm gespielt wurden, sind zuweilen so brutal, daß sie uns nicht erheitern), muß man schon sehr unsensibel sein, wenn man für den »Ritter von der traurigen Gestalt« weder Sympathie noch Respekt empfindet. Nie hat die menschliche Phantasie eine Figur erschaffen, die großherzige Naturen so tief beeindruckt.

Von der französischen Literatur möchte ich vorerst noch nicht sprechen, weil sie so reich ist und so viele Werke enthält, deren

Titel ich zumindest erwähnen möchte, daß mir, finge ich erst einmal an, vermutlich kein Platz mehr bliebe für bestimmte Bücher anderer Sprachen, die nicht gelesen zu haben doch sehr bedauerlich wäre. Aber eines möchte ich erwähnen, weil es ebenfalls einen Menschen porträtiert, einen ganz anderen Typus als Don Quijote, der uns derart gefangennimmt, daß er, kaum hat man seine Bekanntschaft gemacht, ein wahrer Freund wird. Es handelt sich um Montaigne, der in seinen *Essais* ein so vollständiges Bild von sich zeichnet, mit all seinen Vorlieben, Eigenheiten und Schwächen, daß man ihn am Ende vermutlich besser kennt als die eigenen Freunde. Und dabei lernt man einiges über sich selbst, denn mit seiner beharrlichen und humorvollen Selbstbetrachtung warf Montaigne auch ein erhellendes Licht auf die menschliche Natur allgemein. Viel ist über Montaignes Skeptizismus geschrieben worden, und wenn derjenige ein Skeptiker ist, der erkennt, daß jedes Ding zwei Seiten hat und daß, wenn es schon keine Gewißheit gibt, es sinnvoll ist, sich einen offenen Geist zu bewahren, dann war Montaigne wohl ein Skeptiker. Doch seine Skepsis lehrte ihn Toleranz – eine Tugend, die in unserer heutigen Zeit nötiger ist denn je –, und sein Interesse am Menschen, seine Lebensfreude, führte ihn zu einer Gelassenheit, die, wenn wir sie denn besäßen, uns helfen würde, nicht nur glücklich zu sein, sondern auch andere glücklich zu machen.

Man kann jeden beliebigen Essai nehmen und sicher sein, unterhalten zu werden, aber den größten Gewinn aus Montaigne zieht man zweifellos, wenn man das Dritte Buch zur Gänze liest. Die darin enthaltenen Essais sind länger und bieten daher mehr Raum für die reizvollen Abschweifungen, die für den Autor charakteristisch sind. Sie sind ernster, aber nicht weniger unterhaltsam. Montaigne, der sein Handwerk inzwi-

Michel de Montaigne

schen meisterlich beherrschte und sich des Interesses seiner Leser sicher war, vermittelt hier die Quintessenz seines ruhelosen Geistes. Lassen Sie sich durch die Titel nicht zu der Annahme verleiten, der eine oder andere Essai sei nicht von Interesse für Sie, denn im allgemeinen haben sie wenig mit dem Inhalt zu tun. So werden Sie etwa in dem Essai *Betrachtungen über einige Verse des Virgils* eine Auseinandersetzung mit der französischen Sprache finden, die zu dem Schönsten gehört, was Montaigne je geschrieben hat, sowie einige Bemerkungen, die so freimütig sind, daß selbst errötet, wer nicht zimperlich ist.

Nun möchte ich zwei Jahrhunderte überspringen und Ihnen ein Buch ans Herz legen, das die meisten Leute, wenn sie überhaupt davon gehört haben, als unlesbar bezeichnen. Es handelt sich um Goethes *Wilhelm Meister*. In einem Kreis von Berliner Intellektuellen erregte ich einmal größtes Erstaunen, als ich meine Bewunderung für *Wilhelm Meister* zum Ausdruck brachte. Keiner von ihnen hatte das Buch gelesen, denn man hatte ihnen zu verstehen gegeben, daß es unsäglich langweilig sei. Daraufhin forderte ich sie auf, sich selbst einen Eindruck zu verschaffen, und als ich einige von ihnen ein paar Monate später wiedersah, hörte ich zu meiner Freude, daß sie meinem Rat gefolgt waren, das vernachlässigte Buch gelesen hatten und über meine Bewunderung nun nicht mehr lachen mußten. Meiner Meinung nach ist es ein sehr interessantes und bedeutsames Buch. Es ist der letzte der Romane der Empfindsamkeit des achtzehnten Jahrhunderts, der erste der romantischen Romane des neunzehnten und Vorläufer der autobiographischen Romane, von denen es in unserer Zeit eine solche Vielzahl gibt. Die Hauptfigur ist so farblos wie die Hauptfiguren der meisten autobiographischen Romane. Warum das so ist, weiß ich nicht genau.

Johann Wolfgang Goethe

Vielleicht liegt es daran, daß wir, wenn wir über uns selbst schreiben, beunruhigt sind über den Gegensatz zwischen unseren Zielen und dem Erreichten und törichterweise bei der Enttäuschung bleiben, weil wir viel weniger als erhofft aus unseren Möglichkeiten gemacht haben und dem Leser daher keinen erfüllten, sondern einen frustrierten Menschen präsentieren. Und so, wie die aufregenden Dinge, wenn wir durch die Stadt gehen, immer just auf der anderen Straßenseite passieren, erscheinen uns die eigenen Erfahrungen vielleicht so durchschnittlich, daß wir sie nicht schildern können, ohne selbst durchschnittlich zu wirken. Aufregende, nichtalltägliche und romantische Dinge erleben anscheinend immer nur die anderen. Goethe indes hat aus dem Faden dieser schwachen Person eine Fülle interessanter Begebenheiten gewoben. Er hat ihn mit ungewöhnlichen und phantastischen Figuren umgeben und ihn zum Sprachrohr seiner eigenen Ideen über die verschiedensten Themen gemacht. *Wilhelm Meisters Lehrjahre* – die *Wanderjahre* kann ich nicht empfehlen, sie sind unerträglich – sind gleichermaßen poetisch, absurd, tiefsinnig und langweilig. Nun ja, die langweiligen Stellen kann man übergehen. Carlyle meinte, er habe seit sechs Jahren kein Buch mehr gelesen, dem er so viele Ideen zu verdanken habe, aber ehrlicherweise darf nicht verschwiegen werden, daß er auch folgendes gesagt hat: »Goethe ist das größte Genie des letzten Jahrhunderts und der größte Esel der letzten drei.«

Dann, nach einem weiteren Zeitsprung, muß ich Ihre Aufmerksamkeit auf drei russische Romane des neunzehnten Jahrhunderts lenken: Turgenjews *Väter und Söhne*, Tolstois *Krieg und Frieden* sowie Dostojewskijs *Die Brüder Karamasow*. Von diesen drei Autoren ist Turgenjew der geringste. Aber er war ein Künstler, der ein wunderbares Gespür für die Poesie des Lebens, Charme, Pathos und Menschlichkeit besaß. Er berührt nicht sehr, aber er langweilt auch nie. Und in *Väter und Söhne*, dem weitaus besten seiner Romane, schildert er erstmals in der Romanliteratur den Nihilisten, der der Vorläufer des Kommunisten unserer Zeit ist. Interessanterweise entdeckt man an seinem Helden Bazarow viele Charakterzüge, die wir an Männern bemerken, die, je nach politischem Standpunkt, Unheil über die Welt gebracht oder ihr neue Ideen geschenkt haben. Bazarow ist brutal, aber eigentümlich eindrucksvoll und insgesamt nicht unsympathisch. Seine Stärke ist unverkennbar, und obwohl er keine Gelegenheit hat zu handeln und sich daher in Worten verausgabt, ist man durchaus überzeugt, daß er unter günstigen Umständen seine kühnen Gedanken auch in die Praxis umsetzen könnte. Er ist von einer dunklen und erbärmlichen Größe.

Als ich mich anschickte, diese Zeilen zu schreiben, wollte ich Ihnen empfehlen, von Tolstoi statt *Krieg und Frieden* lieber *Anna Karenina* zu lesen, denn in meiner Erinnerung war dies der bessere Roman, doch vorsichtshalber habe ich beide noch einmal gelesen, und nun steht für mich außer Zweifel, daß *Krieg und Frieden* eindeutig der größere ist. In *Anna Karenina* zeichnete Tolstoi ein reiches, lebendiges Bild der russischen Gesellschaft der letzten Hälfte des neunzehnten Jahrhunderts, doch hat seine Erzählung zuviel von einem moralischen Traktat, als daß sie mir wirklich gefällt. Tolstoi mißbilligte Annas Liebe zu Wronski ganz entschieden, und um uns deutlich zu machen, daß der Preis der Sünde der Tod ist, stellt er Anna in schlechtem Licht dar. Tolstoi hatte etwas gegen sie, aber abgesehen davon gibt es keinen Grund, warum Anna sich von ihrem Mann, den sie nie geliebt hat und dem sie nichts bedeutete, nicht trennen, Wronski

Leo Tolstoi

heiraten und ein glückliches Leben führen sollte. Um das tragische Ende herbeizuführen, das ihm vorschwebte, mußte Tolstoi seine Heldin dumm, langweilig, pedantisch und unvernünftig erscheinen lassen; und obwohl ich, weiß Gott, nie bestreiten würde, daß es viele Frauen gibt, die all das sind, kann ich mich nicht recht freuen, wenn sie sich in ihrer Dummheit in Schwierigkeiten bringen.

Wenn ich in bezug auf *Krieg und Frieden* gezögert habe, dann deswegen, weil ich das Werk streckenweise langweilig finde. Allzu viele Schlachten werden allzu detailliert geschildert, und Pierres Erfahrungen mit der Freimaurerei sind ausgesprochen langweilig. Doch all das kann man überspringen. *Krieg und Frieden* ist trotzdem ein großartiger Roman. In epischer Breite wird die Entwicklung einer ganzen Generation beschrieben. Schauplatz der Handlung ist Europa, von der Wolga bis nach Austerlitz. Unzählige wunderbar gezeichnete Personen marschieren über die riesige Bühne. Und der immense Stoff wird meisterlich behandelt – wenn die Umstände es verlangen, mit größter Sorgfalt im Detail, wie bei einem niederländischen Maler, und dann wiederum, wenn ein anderes Vorgehen vonnöten ist, mit der atemlosen Pinselführung Michelangelos bei seinen Fresken in der Sixtinischen Kapelle. Man gewinnt einen überwältigenden Eindruck von dem Durcheinander des Lebens und der Bedeutungslosigkeit des einzelnen im Angesicht der dunklen Kräfte, die das Schicksal der Nationen bestimmen. *Krieg und Frieden* ist ein packender, gewaltiger Roman, ein geniales Werk. Übrigens unternahm Tolstoi hier etwas, das für einen Schriftsteller zum Schwierigsten zählt. Er zeichnete das Porträt eines ganz natürlichen, charmanten, lebhaften jungen Mädchens, der vielleicht zauberhaftesten Heldin der Romanliteratur, kam dann aber auf eine

Idee, die nur einem großen Schriftsteller einfallen kann: Im Epilog zeigt er sie uns einige Jahre später, als verheiratete Frau und Mutter. Aus dem liebreizenden Geschöpf ist mittlerweile eine zänkische, gewöhnliche, füllige Hausfrau geworden. Man ist schokkiert, aber schon im nächsten Moment weiß man, daß es dazu kommen mußte. Es verleiht diesem erstaunlichen Roman ein letztes Element von Wahrscheinlichkeit.

Wie Sie sich erinnern, habe ich im ersten Kapitel darauf hingewiesen, daß es meiner Ansicht nach sinnlos sei, Bücher zu lesen, die einem nicht gefallen. Doch nun, da ich mich den *Brüdern Karamasow* zuwende, zögere ich, denn ich frage mich, ob man diesen langen, kraftvollen und tragischen Roman mit Vergnügen lesen kann. Es kommt wohl darauf an, was einem Vergnügen bereitet. Wenn Sie der Anblick eines Meeressturms erfreut, das schreckliche Leuchten eines Waldbrands oder das Tosen eines

Hochwasser führenden Flusses, dann wird Ihnen *Die Brüder Karamasow* gefallen. Ich sagte aber auch, daß ich nur von Büchern sprechen möchte, die nicht gelesen zu haben schade wäre, nur von solchen, die Sie in der einen oder anderen Weise anregen und innerlich bereichern. Für mich besteht kein Zweifel, daß *Die Brüder Karamasow* zu Recht auf dieser Liste steht, vielleicht sogar auf einem der ersten Plätze. Es gibt, abgesehen von Emily Brontës *Sturmhöhe* und Melvilles *Moby-Dick*, nichts in der Romanliteratur, was Dostojewskijs Romanen auch nur im entferntesten ähnelt, und *Die Brüder Karamasow* ist der allergewaltigste. Aber Sie dürfen ihn nicht lesen, als läsen Sie einen Roman über gewöhnliche Menschen, wie sie Ihnen im Laufe eines normalen Lebens begegnen. Nicht umsonst sprach ich soeben von einem Meeressturm oder einem Waldbrand. Dostojewskijs Figuren stehen den dunklen Kräften der Natur nahe. Es sind keine gewöhnlichen Sterblichen. Sie sind in allem maßlos, in ihrer Leidenschaft, ihrer tiefen Spiritualität, ihrer quälenden Empfindsamkeit, ihrer extremen Leidensfähigkeit. Sie werden von Gott gepeinigt. Sie verhalten sich wie Geisteskranke in einem Irrenhaus, aber in ihrem Übermaß liegt etwas eigentümlich Wesentliches, und man spürt in ihrer quälenden Selbsterforschung die verborgenen Tiefen und die furchtbaren Kräfte der menschlichen Seele.

Die Brüder Karamasow ist ein unförmiges, langes Buch und teilweise weitschweifig, das den Leser aber, von gewissen Kapiteln gegen Ende abgesehen, fest im Griff hat. Wenn es Szenen größten Schreckens enthält, so enthält es auch solche von größter Schönheit. Ich kenne keinen Roman, in dem menschliche Größe und Niedertracht so meisterlich vorgeführt werden, keinen, in dem die tragischen und niederschmetternden Erfahrungen der Seele so einfühlsam

Fjodor Dostojewskij

und so kraftvoll geschildert werden. Dostojewskij besaß jenes tiefe Mitgefühl für menschliches Leiden, das nur besitzt, wer selbst gelitten hat. »Sei keines Menschen Richter«, sagt er. »Liebe die Menschen und fürchte dich nicht vor ihren Sünden. Liebe den Menschen in seiner Sünde.« Man schließt das Buch nicht mit Verzweiflung, sondern mit Freude, denn durch die Häßlichkeit des Verbrechens scheint die Schönheit des Guten.

Mehr als einmal, stelle ich rückblickend fest, habe ich Sie darauf aufmerksam gemacht, daß es klug ist, hin und wieder eine Stelle zu überspringen. Vielleicht war das unnötig. Bei den lateinischen Zitaten, mit denen Montaigne, der Mode seiner Zeit entsprechend, seine *Essais* reichlich pfefferte, werden wohl nur Wissenschaftler diese nützliche Kunst nicht praktizieren. Und die letzten Kapitel der *Brüder Karamasow* lesen vermutlich nur sehr gewissenhafte Leser komplett. Mir selbst hat es genügt, die Ausführungen, die Dostojewskij den Verteidigern in den Mund legt, nur zu überfliegen. Ich glaube, alle von mir erwähnten Bücher sind so wichtig, daß man sie gründlich lesen sollte, aber auch sie sind unterhaltsamer, wenn man sich das Recht vorbehält, hier und da zu springen. Der Wandel des Geschmacks führt dazu, daß selbst große Werke in Teilen langweilig wirken. Wir wollen uns weder mit den moralischen Abhandlungen, die das achtzehnte Jahrhundert so schätzte, noch mit den ausführlichen Naturbeschreibungen abmühen müssen, die im neunzehnten so beliebt waren. Mit dem Aufkommen des realistischen Romans verliebten sich die Autoren in das Detail an sich und entdeckten erst nach langer Zeit, daß nur wesentliche Details von Interesse sind. Wer die Kunst des Überspringens beherrscht, dem gelingt es auch mit Gewinn und Vergnügen zu lesen, aber wie man das lernt, kann ich

Ihnen nicht sagen, da ich mir diese Fähigkeit nie angeeignet habe. Ich kann schlecht überspringen. Aus Angst, etwas zu verpassen, das möglicherweise von Wert ist, lese ich daher auch Seiten, die mich nur ermüden. Fange ich erst einmal mit dem Überspringen an, kann ich nicht mehr aufhören und bin nach beendeter Lektüre unzufrieden mit mir selbst, weil ich spüre, daß ich dem Buch Unrecht getan habe, und mir vermutlich sage, es wäre besser gewesen, ich hätte es gar nicht erst gelesen.

Und nun möchte ich zur französischen Literatur zurückkehren. Sie ist die reichste und mannigfaltigste der Welt – mit der einen Einschränkung, daß die Franzosen im großen und ganzen mittelmäßige Dichter sind. Andererseits haben sie mit grandiosem Erfolg alle Künste der Prosa gepflegt. Zu Recht üben sie seit langer Zeit großen Einfluß auf die englischen Schriftsteller aus, denn noch bis vor kurzem hatten uns die Franzosen im

Prosaaufbau fast alles beizubringen und wir fast alles zu lernen. Frankreich war zweifellos im Vorteil. Seine zentrale Lage in Europa, seine dichte Bevölkerung, sein Reichtum, seine Kultur begünstigten das Entstehen einer großen Literatur. Und die natürliche Neigung der Franzosen zu Klarheit, Maß und Vernunft – Eigenschaften, die für den Prosaschriftsteller nützlicher sind als für den Dichter – fördert die Herausbildung großer Talente. Das Französische entwickelte sich zu einer präzisen und logischen Sprache, die die Schriftsteller befähigte, sich elegant und klar auszudrücken, während das Englische, das über Jahrhunderte verschiedene Sprachen absorbierte, ohne sie sich zu eigen zu machen, weiterhin verworren und plump war. Aus der ungeheuren Fülle der französischen Literatur kann ich, angesichts des beschränkten Platzes, der mir zur Verfügung steht, verständlicherweise nur einige wenige Titel herausgreifen.

Das erste Buch, das ich Ihrer Aufmerksamkeit empfehlen möchte, ist sehr schmal. Es ist *Die Prinzessin von Clèves* der Madame de la Fayette. Es erschien 1678, und die Historiker werden Ihnen sagen, daß dies der früheste psychologische Roman ist. Das ist gewiß interessant, aber entscheidender ist, daß wir es mit einer einzigartigen und hochmodernen Geschichte zu tun haben. Die Handlung spielt am Hof Heinrichs II. Die Heldin, eine vornehme und tugendhafte Dame, respektiert ihren Mann, liebt ihn aber nicht, und als sie bei einem Hofball dem Herzog von Nemours begegnet, verliebt sie sich in ihn. Doch sie ist fest entschlossen, keine Schande über sich zu bringen. Und um mit Hilfe ihres Mannes der lockenden Versuchung besser widerstehen zu können, gesteht sie ihm ihre leidenschaftlichen Empfindungen. Ihr Gemahl ist ein feiner Charakter, er vertraut seiner Frau, weiß, daß sie ihn nie betrügen würde. Doch der Mensch ist schwach, und so wird der Gemahl, gegen seinen Willen, von Eifersucht verzehrt. Er wird mißtrauisch, gereizt, aufgebracht. Die Schilderung der Selbstverständlichkeit, mit der diese Figur unter dem Druck der Situation allmählich zerbricht, ist beispiellos in der Literatur. Es ist eine bewegende Erzählung, denn die geschilderten Personen wollen nur ihre Pflicht tun, müssen sich aber Verhältnissen beugen, auf die sie keinen Einfluß haben. Die Moral lautet, daß man von keinem Menschen mehr verlangen darf, als er geben kann. Es ist ein aufschlußreiches Buch für die heutige Zeit, in der gemeinhin gilt, daß die Liebe keine Beschränkungen kenne und die Pflicht sich stets den Gefühlen unterzuordnen habe.

Als nächstes möchte ich Ihnen Prévosts *Manon Lescaut* empfehlen, ebenfalls ein Roman, aber ganz anderer Art. Keine der handelnden Personen hat den Seelenadel, der es denen der *Prinzessin von Clèves* ermöglicht, ihre tragische Situation mit Haltung hinzunehmen. Es sind schwache, irrende Menschen, und wir fühlen mit ihnen, weil wir in ihnen unsere eigenen Schwächen erkennen – eine sehr menschliche Geschichte. Ich beneide jeden, der dieses wunderbare Buch zum erstenmal liest. Wie frisch, wie natürlich und wie reizend diese Manon ist – trotz ihrer Fehler, und wie bewegend die Liebe, die Des Grieux dem treulosen Geschöpf entgegenbringt. Schwach? Natürlich ist er schwach. Ein Flittchen? Natürlich ist sie ein Flittchen. Sie ist unstet, käuflich und grausam, aber sie ist auch liebevoll, großzügig und zärtlich. Dieser Typus ist unsterblich, und die Erinnerung an die hübsche Manon wird nicht so schnell verblassen.

Nun wollen wir von einem weiteren kurzen Roman sprechen, Voltaires *Candide*. Noch nie hat jemand mehr Witz, mehr Spott, mehr schelmische Einfälle, mehr Verstand und mehr Späße in ein so schmales

Voltaire

Buch gepackt. Der Autor wollte bekanntlich den philosophischen Optimismus verspotten, der damals en vogue war, zu einer Zeit, als das Erdbeben von Lissabon mit seinen ungeheuren Zerstörungen und den vielen Toten, die wackeren Leute, die unsere Welt für die beste aller Welten hielten, tief erschütterte. Voltaire, unübertroffen in der Beweglichkeit und Vielseitigkeit seines Denkens, macht sich hier in zynischer Weise über die meisten Themen lustig, die den Menschen wichtig sind – Religion und Staat, Liebe, Ehrgeiz und Treue, und seine (gar nicht so schlechte) Moral lautet: Sei tolerant und bestelle deinen Garten, anders gesagt: was immer du tun mußt, tu es eifrig und unbeirrt.

Nun komme ich zu einem sehr wichtigen Werk, den *Bekenntnissen* des Jean-Jacques Rousseau. Es ist ein Buch, das wohl nur wenige ohne Interesse lesen werden, viele indes mit Abscheu. Wenn für Sie aber die Erkundung der menschlichen Natur das faszinierendste Thema ist, werden Sie dieses Buch gewiß lohnend finden, denn hier haben Sie einen Mann, der sein Innerstes rückhaltlos offenbart. Er schildert nicht bloß, wie so viele, die über sich geschrieben haben, seine Schwächen, die im Grunde ja recht einnehmend sind; er zögert nicht, sich als undankbar, skrupellos, unehrlich, gemein und niederträchtig zu zeigen. Und da er so verachtenswert ist, werden Sie ihn kaum sympathisch finden. Aber seine Freude über natürliche Schönheit ist so groß, sein Zartgefühl so ausgeprägt, sein erzählerisches Talent so wunderbar, daß man, so sehr man ihn auch verabscheuen mag, einfach fasziniert ist. Und ich wüßte nicht, welcher Mensch, sofern er sich selbst gegenüber völlig ehrlich ist, die Bekenntnisse dieser schwachen, verdrießlichen, eitlen und elenden Kreatur lesen könnte, ohne sich zu sagen: »Ist der Unterschied zwischen ihm und

Honoré de Balzac

mir denn so groß? Würde ich, der ich mich schockiert von diesen Offenbarungen abwende, eine so gute Figur machen, wenn die ganze Wahrheit über mich bekannt wäre?« Seien Sie also gewarnt. Wohl niemand wird dieses Buch lesen, ohne sich in seiner Selbstgefälligkeit, die unser wichtigster Schutz im Umgang mit dieser schwierigen Welt ist, ein wenig erschüttert zu fühlen.

Im neunzehnten Jahrhundert entstand in Frankreich eine wunderbar reiche Romanliteratur. Seine drei größten Schriftsteller waren Balzac, Stendhal und Flaubert. Alles in allem dürfte Balzac der größte Romanautor aller Zeiten sein. Das Ungewöhnliche lag ihm, wie auch Dickens, mehr als das Gewöhnliche, und er porträtierte das Schlechte kraftvoller als das Gute; aber er war noch produktiver als Dickens, und er hatte einen weiteren Horizont. Er wollte die Geschichte der Gesellschaft seiner Zeit schreiben, und bis zu einem bestimmten Punkt ist ihm das auch gelungen. Bei ihm hat man nicht das Gefühl, er beschäftige sich mit einer kleinen Gruppe von Personen, sondern mit dem großen Ganzen, in dem es um größere Themen geht als das Schicksal einzelner. Ich glaube, Balzac hat als erster Schriftsteller die Bedeutung des Ökonomischen erkannt. Seine Figuren sind Händler oder Geschäftsleute, sie verdienen oder verlieren Vermögen, und obwohl die Liebe, wie bei allen Romanautoren, eine wichtige Rolle spielt, regiert das Geld die von ihm erschaffene Welt. Balzac schrieb schlecht, er war maßlos und besaß keinen Geschmack, aber er hatte eine Leidenschaft und eine Energie, die es ihm ermöglichten, Figuren zu erschaffen, zügellose und ungewöhnliche Figuren, die intensiv und grandios lebten. Balzacs Geschichten wird oft Melodramatik vorgeworfen, aber wie kann man erwarten, daß diese außergewöhnlichen Figuren sich in einer Welt des Maßes und der Zurückhaltung bewegen. Ohne Berge und Meer kein eindrucksvoller Sturm. Es ist nicht ganz leicht, unter den vielen hochinteressanten Romanen Balzacs einen bestimmten auszuwählen, aber weil sich die packende und mannigfaltige Energie des Autors am besten im *Vater Goriot* zeigt, empfehle ich Ihnen diesen.

Stendhal schrieb zwei Romane, die Sie lesen sollten. Zunächst einmal *Rot und Schwarz* und dann, wenn Ihnen das Buch genauso gefällt wie mir, *Die Kartause von Parma*. Ich muß nämlich gestehen, daß Stendhal mein Lieblingsautor ist. Mir gefällt seine einfache und exakte Schreibweise und die kühle Präzision seiner psychologischen Analysen. Mit scharfem Blick untersuchte er das menschliche Herz. Energie war die Eigenschaft, die er am meisten an Menschen bewunderte, und besonders eingehend und sorgfältig studierte er diejenigen Geschöpfe seiner Phantasie, die sich von nichts und niemandem daran hindern lassen, ihren starken

Willen durchzusetzen, und vor keinem Verbrechen zurückschrecken, um das zu erreichen, was sie sich fest vorgenommen haben. Für meine Begriffe ist *Rot und Schwarz* in den ersten zwei Dritteln einer der besten Romane, die je geschrieben wurden. Danach wird er schwächer, und zwar aus einem einzigen Grund. Stendhal gründete ihn auf Tatsachen, aber die von ihm erfundene Figur, Julien Sorel, ging mit ihm durch, wie das bei den Figuren unserer Phantasie oft der Fall ist, und als Stendhal ihn zu einem Verhalten zwang, das den realen Umständen entsprach, die ihn zu seinem Roman inspiriert hatten, ist der Leser irritiert. Es leuchtet nämlich nicht ein, daß diese skrupellose, ehrgeizige und entschlossene Figur so töricht ist und die Folgen ihres Tuns nicht bedenkt. Nun komme ich zu Flauberts *Madame Bovary*. Es ist ein Meilenstein in der Geschichte des modernen Romans. Bei nochmaligem Lesen konnte ich mich des

Stendhal

Gustave Flaubert

Eindrucks nicht erwehren, daß Flauberts Streben nach unerschrockener Objektivität zu einer gewissen Kälte des Tons führt, zu einer gewissen Sprödigkeit, was meine Bewunderung ein wenig minderte. Aber ich finde nach wie vor, daß es ein großartiges und eindringliches Werk ist. Die Figuren sind sorgfältig gezeichnet und plausibel. Man beendet die Lektüre mit einem Gefühl tiefen, wenn auch etwas verächtlichen Mitleids für diese durchschnittlichen Figuren, denen das Leben so grausam mitspielt. Die Personen, die uns der Autor vorführt, sind so real, leiden so verzweifelt, daß sie nicht mehr bloße Einzelpersonen sind, sondern die Menschheit verkörpern. Und wenn man aus einem Roman unbedingt eine Moral ziehen will, könnte es bei *Madame Bovary* die nicht unwichtige Moral sein, daß müßige, unrealisierbare Träume nur ins Unheil führen können. Und merkwürdigerweise erinnert man sich wieder an die Moral von

Candide – nimm die Dinge, wie sie kommen, und tu deine Pflicht mit gutem Willen.

Ich habe den mir zustehenden Platz fast ausgeschöpft, so daß ich mich, obwohl es noch viele andere, weniger bedeutsame Bücher gibt, von denen ich Ihnen gern erzählt hätte, darauf beschränken muß, ein paar wenigstens kurz zu erwähnen. Benjamin Constant schrieb einen kurzen Roman namens *Adolphe*, in dem er, anders als die meisten Autoren, die eher den Beginn einer Liebesaffäre beschreiben, mit bemerkenswerter Kraft deren Scheitern untersucht. Es ist ein wahrhaft menschliches Zeugnis. *Die drei Musketiere* ist ein großartiger romantischer Roman – vielleicht keine große Literatur, die Figuren mögen oberflächlich und die Handlung wenig überzeugend sein –, aber er ist wirklich wunderbar zu lesen, und eben das zu erreichen, vergessen Sie das nicht, gehört zu den unabdingbaren Fähigkeiten des Romanschriftstellers. Anatole France besaß nur wenig, dafür aber exquisites Talent, das er besonders schön in dem Erzählungsband *Die Perlmutterdose* bewies. Eine Zeitlang wurde er übermäßig geschätzt, aber nun wird er zu Unrecht vernachlässigt.

Schließlich muß ich sagen, daß unsere Zeit mit Marcel Proust einen Romancier hervorgebracht hat, der den Vergleich mit den Größten nicht zu scheuen braucht. Proust schrieb nur einen Roman, der allerdings aus fünfzehn Bänden besteht. Die erstaunte Öffentlichkeit pries ihn bei Erscheinen über alle Maßen. Ich selbst schrieb seinerzeit, daß ich mich lieber von Proust langweilen als von einem anderen Autor unterhalten ließe. Nach erneuter Lektüre haben die meisten von uns zu einem nüchterneren Urteil gefunden. Proust wiederholt sich oft, seine Selbstanalysen sind ein wenig anstrengend, und seine zwanghafte Beschäftigung mit dem langweiligen Thema Eifersucht ermüdet auf lange Sicht sogar die bereitwilligsten Leser. Seine Schwächen werden durch seine Vorzüge aber mehr als wettgemacht. Proust ist ein großer und eigensinniger Schriftsteller. Er ist subtil, schöpferisch und ein einfühlsamer Psychologe, doch ich glaube, die Zukunft wird ihn vor allem als wunderbaren Humoristen feiern. Ich empfehle Ihnen daher, mit der Lektüre dieses dickleibigen Romans ganz am Anfang zu beginnen, zu lesen, bis Sie sich langweilen, und dann irgendwo weiterzulesen. Aber sehen Sie zu, daß Sie nichts von Madame Verdurin oder dem Baron de Charlus verpassen. Reichere Schöpfungen der komischen Phantasie hat unsere Zeit nicht gesehen.

Noch ein Wort. In diesen beiden Kapiteln habe ich Sie auf diverse Bücher aufmerksam gemacht, über die ich nur Gutes zu sagen hatte. Denn ich hätte sie Ihnen nicht empfohlen, wenn ich sie nicht, jedes auf seine Weise, für wertvoll hielte. Ich habe en passant etwas zu ihren Autoren gesagt, und mir ist klar, daß es einigermaßen absurd ist, wie ein Kandidat, der sich vor der Wahl um die Wähler bemüht, Jane Austen gleichsam unters Kinn zu fassen, Goethe über den Kopf zu streichen und Dostojewskij freundlich zuzunicken. Aber ich weiß nicht, was ich sonst hätte tun sollen. Ihnen bloß eine Liste von Büchern zu geben, wäre langweilig gewesen. Da mein Platz beschränkt war, konnte ich nur knapp auf die Schriftsteller eingehen, weil ich aber Ihr Interesse wecken wollte, mußte ich zumindest etwas über sie sagen. Ich kann nur hoffen, daß Ihnen die Bücher, wenn Sie sie lesen, Vergnügen bereiten und Ihnen Gewinn verschaffen. Und für mich wäre es ein schöner Gedanke, wenn Sie sich später einmal sagen könnten, die Lektüre habe Sie bereichert, Ihnen etwas Wertvolles gegeben, das Sie nicht mehr missen möchten.

Amerikanische Literatur

Nachdem diese beiden Artikel erschienen waren, bekundeten zahlreiche Leser ihren Wunsch, ich möge noch einen dritten über amerikanische Bücher schreiben. Der Redakteur war angetan von dieser Anregung und gab sie an mich weiter. Ich antwortete ihm, daß es offenkundig sinnvoller sei, diese Aufgabe einem amerikanischen Autor anzuvertrauen. Doch anscheinend entsprach das nicht dem Wunsch seiner Leser, und so erklärte ich mich, nicht ohne Bedenken, bereit, das Thema zu behandeln, so gut mir das möglich sei. Ich möchte meine Ansicht verdeutlichen. Obwohl ich im Laufe eines langen Lebens sehr viele amerikanische Bücher gelesen habe – ich war sicher nicht älter als zehn, als ich unter schallendem Gelächter Artemus Ward und *Helen's*

Babies las –, kann ich nicht behaupten, auch nur annähernd so viel gelesen zu haben wie ein literaturbegeisterter Amerikaner. Warum auch. Ich habe nach Lust und Laune gelesen. In jedem Land gibt es Bücher, die nur von lokalem Interesse sind und dem Bürger eines anderen Staates nicht viel sagen. So hielt ich es nicht für notwendig, die Werke von Jonathan Edward zu lesen, und der Dialekt von Uncle Rebus war für mich ein Hindernis, das zu überwinden mir zu große Mühe bereitete. Die Auffassungen, die ich im folgenden ausdrücke, gründen nicht auf der Autorität des Fachmanns. Ich werde darlegen, warum ich sie vertrete, gebe aber gern zu, daß sie die eines Engländers sind, der von einem englischen Standpunkt aus liest und dessen Meinungen daher nicht ganz objektiv sind. Mir ist bewußt, daß einige meiner Ansichten, die dem Urteil amerikanischer Fachleute widersprechen, vielleicht Mißfallen erregen. Ich habe nach dem speziell

Amerikanischen in der amerikanischen Literatur gesucht und wenig Neigung verspürt, mich Schriftstellern zuzuwenden, die sich von englischen Themen haben inspirieren lassen. Amerikanische Bücher interessieren mich erst, wenn sie etwas typisch Amerikanisches vermitteln. Ich glaube nicht, daß ich einem Amerikaner über die hier vorgestellten Bücher etwas erzählen kann, was er nicht schon weiß, aber vielleicht kann ich allen anderen, einschließlich meiner eigenen Landsleute, eine Liste von Büchern an die Hand geben, die ihnen eine Vorstellung von den Amerikanismen Amerikas vermitteln, und ihnen auf diese Weise ermöglichen, die Einflüsse zu verstehen, die den Charakter einer Nation geformt haben, mit der sie in Zukunft immer mehr zu tun haben werden.

Ich werde mich nur mit denjenigen Werken beschäftigen, die zu Recht als Klassiker gelten können. Jüngere Werke werde ich nicht berücksichtigen, weil ich sie nicht gut genug kenne und außerdem noch nicht abzusehen ist, was sich aus der immensen Produktion der letzten fünfzig Jahre als Werk von bleibendem und charakteristischem Wert herausstellen wird. Wenn viele Leute ein Buch lesen wollen und es daher ein Bestseller wird, ist das, anders als manche Kritiker behaupten, keineswegs ein Beweis für seine Minderwertigkeit. *David Copperfield*, *Vater Goriot* und *Krieg und Frieden* waren allesamt Bestseller. Ebensowenig beweist das aber, daß es Meisterwerke sind. Das Buch mag aus den verschiedensten Gründen Anklang finden, und wenn diese Gründe nicht mehr zutreffen, wird es vielleicht unlesbar. Ich selbst habe beschlossen, mich nicht dazu hinreißen zu lassen, einen Bestseller innerhalb von zwei oder drei Jahren nach Erscheinen zu lesen. Mit Erstaunen habe ich festgestellt, auf wie viele hochgelobte Bücher ich verzichten kann, ohne das Gefühl zu haben, etwas versäumt zu haben.

Hier muß ich noch einmal wiederholen, was ich schon mehrmals gesagt habe – daß das Lesen Vergnügen bereiten sollte. Das ist eine Ansicht, die ich sehr entschieden vertrete. Für meine Begriffe wäre man schlecht beraten, das Lesen als Pflicht zu betrachten. Lesen ist ein Vergnügen, eines der größten, die das Leben zu bieten hat. Und wenn die Bücher, von denen hier die Rede sein wird, Sie nicht berühren, Sie weder interessieren noch amüsieren, so gibt es keinerlei Grund für Sie, sie zu lesen. Überhaupt war dieser Gedanke der Ausgangspunkt meines Artikels, den ich keineswegs so unsicher zu schreiben begann, wie es vielleicht angebracht gewesen wäre, da ich mich ja über Dinge äußerte, in denen ich nicht behaupten könnte ein Experte zu sein. Da ich mir der Beschränktheit meiner Kenntnisse bewußt war, als ich meine Materialsammlung begann, las ich zwei, drei Standardwerke der amerikanischen Literaturgeschichte. Ich wollte meine Ansichten mit denen der führenden Experten vergleichen und, falls sich zeigen sollte, daß sie andere Ansichten vertraten, prüfen, ob ich meine Einschätzungen modifizieren sollte. Doch zu meiner großen Überraschung stellte ich fest, daß sich diese Leute fast ausschließlich mit Dingen beschäftigten, die meines Erachtens nichts mit Literaturgeschichte zu tun haben. Sie untersuchten, oft interessant und sicher auch fundiert, die sozialen Umstände dieser und jener Zeit, als dieser oder jener Autor schrieb, und die politischen Verhältnisse, die sein Werk beeinflußten. Sie analysierten die Gedanken eines Autors zu den brennenden Fragen seiner Zeit und die philosophischen Implikationen seiner Haltung. Und vieles mehr. Aber offenbar hielten sie es nicht für lohnend, etwas zum Stil des Autors zu sagen. Sie interessierten sich kaum für den Aufbau seiner Romane, die Gestaltung des Stoffes und die Originalität seiner Figuren.

Kein Wort dazu, ob er lesbar oder unlesbar sei. Soweit ich das erkennen konnte, war es der Aufmerksamkeit dieser gewissenhaften Herren völlig entgangen, daß man Bücher zum Vergnügen liest und daß die Literatur eine Kunst ist.

Die Literatur ist aber eine Kunst. Sie ist keine Philosophie, keine Wissenschaft, keine Sozialökonomie, keine Politik. Sie ist eine Kunst. Und Kunst soll Freude bereiten.

Noch eine Bemerkung, ehe ich mich den Büchern zuwende, über die ich im folgenden sprechen möchte. Man darf nicht erwarten, daß sie so eindrucksvoll daherkommen wie diejenigen, die ich in den beiden vorangegangenen Kapiteln vorgestellt habe. Mit dem Begriff Genie wird oft locker umgegangen. Ich würde das Wort nicht für den Autor von drei, vier erfolgreichen Bühnenstücken oder zwei, drei erfolgreichen Romanen verwenden. Genie, finde ich, gibt es sehr selten. Und ich bin mir nicht sicher, ob ich den Begriff auf einen der Autoren anwenden sollte, die ich gleich erwähnen werde. Es ist gut, wenn man Talent hat. Einige dieser Männer hatten großes Talent, andere nicht so viel. Die meisten hatten mit enormen Schwierigkeiten zu ringen. Ob es ihnen bewußt war oder nicht – um eine Nationalliteratur zu schaffen, mußten sie gegen die fremden Einflüsse ankämpfen, denen sie ausgesetzt waren, nicht nur durch ihre Erziehung, sondern auch durch die Voreingenommenheit ihrer Leser. Sie lebten in einem neuen Land, waren im Begriff, ihre eigene Kultur zu entwickeln, und naturgemäß hatten praktische Fragen ein Gewicht, das die Künste in den Hintergrund drängte. Mit dieser Situation wurden einige Schriftsteller bekanntlich nicht fertig, sie flohen nach Europa, in eine Atmosphäre, die ihnen angenehmer erschien. Diejenigen, die vernünftigerweise blieben, hätten vielleicht noch bessere Werke geschaffen, wenn die Umstände günstiger gewesen wären. Es spricht für ihre innere Stärke und die Echtheit ihres Talents, daß sie trotz allem außerordentlich bedeutsame Werke hervorgebracht haben. Die amerikanische Literatur ist nicht viel älter als hundert Jahre. Man tut gut daran, sich zu erinnern, daß die englische Literatur nicht das grandiose Denkmal englischen Denkens wäre, wenn man das gesamte achtzehnte Jahrhundert außer acht ließe (von Chaucer, Shakespeare und den großen Dichtern und Schriftstellern des siebzehnten Jahrhunderts ganz zu schweigen), wenn es keinen Pope, keinen Swift, keinen Fielding, keinen Dr. Johnson und keinen Boswell gäbe.

Beginnen möchte ich jedoch mit einem Buch aus dem achtzehnten Jahrhundert. In den Werken zur Literaturgeschichte finden sich nur wenige Autobiographien, aber keine ist so durchgängig unterhaltsam wie die *Lebenserinnerungen* von Benjamin Franklin. Sie ist einfach geschrieben, wie es dem

Autor entsprach, aber in einem angenehmen, leichten Englisch, denn Franklin hatte bei guten Lehrern studiert. Das Buch ist nicht nur wegen der Geschichte, die darin erzählt wird, interessant, sondern auch wegen des lebendigen und glaubwürdigen Porträts, das der Autor von sich zeichnet. Ich verstehe nicht, warum in Amerika oft so abfällig über Franklin gesprochen wird. Sein Charakter wird getadelt, seine Lehren gelten als unbedeutend, seine Ideale als wertlos. Es ist offensichtlich, daß er kein Romantiker war. Er war klug und fleißig. Er war ein guter Geschäftsmann. Er wollte für seine Landsleute nur Gutes, war aber zu hellsichtig, um sich von ihnen täuschen zu lassen, und ihre Schwächen nahm er mit Humor, um die (mitunter egoistischen, aber ebensooft selbstlosen) Ziele zu verwirklichen, die er sich gesetzt hatte. Er genoß das gute Leben, aber Schwierigkeiten ertrug er heiter und gelassen. Er war couragiert und großzügig. Er war ein guter Freund, geistreich und scharfzüngig im Gespräch, und er trank gern ein Glas. Er liebte die Frauen und wußte, nicht prüde, sich mit ihnen zu vergnügen. Er war ein Mann von erstaunlicher Vielseitigkeit. Er führte ein glückliches und erfülltes Leben. Er erreichte Großes für sein Land, für seinen Staat und die Stadt, in der er zu Hause war. Für mich ist er so eindeutig der typische Amerikaner, wie Dr. Johnson der typische Engländer ist, und wenn ich mich frage, warum seine Landsleute ihm ihre Sympathie nur widerwillig entgegenbringen, fällt mir nur eine Erklärung ein: Er war völlig nüchtern.

Doch nun wollen wir uns unverzüglich dem neunzehnten Jahrhundert zuwenden. Seine herausragenden Vertreter sind Herman Melville, Walt Whitman und Edgar Allan Poe, und wenn ich drei amerikanische Schriftsteller als Genies bezeichnen müßte, würde ich ohne Bedenken diese drei nennen.

Von ihnen soll aber erst später die Rede sein. In diesem Artikel möchte ich, so weit mir das bei meinem begrenzten Wissen und dem eingeschränkten Platz möglich ist, das typisch Amerikanische in der amerikanischen Literatur betrachten. Denn das, wie gesagt, interessiert mich besonders, und es dürfte auch Sie interessieren. Ich werde keine chronologische Ordnung einhalten. Und, verzeihen Sie die Wiederholung, ich werde nur von Büchern sprechen, die aus dem einen oder anderen Grund lesbar sind. Niemand kann es sich erlauben, sie nicht zu lesen, kein gebildeter Mensch kann sie ohne Gewinn und Vergnügen lesen.

Allerdings muß ich gestehen, daß sich, als ich den *Scharlachroten Buchstaben* für mein Vorhaben erneut las, Gewinn und Vergnügen in Grenzen hielten. Ich wüßte nicht, warum man die Dinge nicht beim Namen nennen sollte, und so muß ich darauf hinweisen, daß in Amerika in den letzten vierzig Jahren etliche Schriftsteller hervorgetreten sind, die besser sind als Hawthorne. Es ist nur ein Vorurteil, und die Tatsache, daß sie leben und unter uns sind, kann uns blind machen. Aber *Der scharlachrote Buchstabe* ist eine berühmte Romanze, und jeder Amerikaner, der überhaupt etwas gelesen hat, dürfte diesen Roman gelesen haben. Ich persönlich fand die Einleitung *(Das Zollhaus)* interessanter als die eigentliche Geschichte. Sie ist reizvoll, leicht und humorvoll. Ein Roman muß vor allem glaubwürdig sein. Wenn man instinktiv das Gefühl hat, daß das Handeln der Figuren nicht dem gesunden Menschenverstand entspricht, ist der Bann gebrochen, und der Autor nimmt den Leser nicht mehr gefangen. Nun hatte Hawthorne zu Beginn seines Romans ein Problem. Es mußte ein Grund dafür gefunden werden, warum Hester Prynne, die schließlich überall hingehen konnte, an dem Ort blieb, wo sie aufgrund ihrer Demütigung ein unerträgliches

Leben führte. Und natürlich fand der Autor den Grund in ihrer Liebe zu Arthur Dimmesdale, die so groß war, daß sie, ungeachtet der Schande, dort blieb, wo *er* war. Hawthorne hatte aber keine anderen größeren Schwierigkeiten zu lösen, denn sonst hätte er diesen Roman nie schreiben können. Den ebenso praktisch denkenden wie frommen Puritanern waren die Tatsachen des Lebens nicht unbekannt, und es war nicht der Storch, der Hester das Baby brachte, die mit einem solchen Ereignis überhaupt nicht gerechnet hatte. Es leuchtet nicht recht ein, daß sie nicht an einen entfernten Ort ging, um ihr Kind heimlich zur Welt zu bringen, und wenn die Liebenden nicht getrennt sein wollten, so ist kaum verständlich, warum sie – immerhin reisen sie später gemeinsam nach Europa – nicht einen so naheliegenden Ausweg suchten, als die Lage viel ernster war. Nach allem, was sie wußten, war Roger Chillingworth tot und, wie Benjamin Frank-

Nathaniel Hawthorne

lin mit der ehrbaren Miss Read ein Jahrhundert später, hätten sie standesamtlich heiraten können. Hawthorne besaß nicht die Gabe, lebendige Figuren zu erschaffen. Roger Chillingworth ist bloß ein Haufen Boshaftigkeit, kein Mensch, und Hester ist nichts als ein feine Statue. Der Reverend Dimmesdale wird erst dann lebendig, als er, nachdem sich das Paar schließlich zur Flucht entschlossen hat, herausfinden will, wann mit der Abfahrt ihres Schiffes zu rechnen ist. Er hat seine Wahlpredigt geschrieben und will sie auch unbedingt halten. Das ist ein sympathischer, ein menschlicher Zug. Es ist also nicht die Geschichte, deretwegen ich Ihnen den *Scharlachroten Buchstaben* empfehle (und wenn Sie das Buch schon kennen, lesen Sie es vielleicht ein zweitesmal), sondern wegen der eindrucksvollen Sprache. Hawthorne orientierte sich stilistisch an den großen Schriftstellern des achtzehnten Jahrhunderts. Ein Satz wie »… in seinem Herzen war nicht so viel Grausamkeit, wie es gebraucht hätte, den Staub vom Flügel eines Schmetterlings zu fegen« hätte auch von Sterne sein können, und er wäre zufrieden damit gewesen. Hawthorne hatte ein feines Ohr und konnte vollendete Formulierungen konstruieren. Er konnte verschachtelte Sätze schreiben, die eine halbe Seite lang waren, wunderbar klangen, ausgewogen und kristallklar waren. Er konnte glänzend und abwechslungsreich schreiben. Seine Prosa hatte die nüchterne Pracht eines gotischen Wandteppichs, doch dank seiner Zurückhaltung war sie nie monoton oder schwülstig. Seine Bilder waren aussagekräftig, seine Vergleiche treffend, sein Vokabular immer angemessen. Literarische Moden kommen und gehen, und möglicherweise wird die rauhe, hemdsärmelige Prosa, die heute en vogue ist, irgendwann einmal nicht mehr gefragt sein. Möglicherweise werden die Leser einen strengeren, eleganteren Stil bevorzugen. Dann werden Autoren bei Hawthorne lernen, wie man Sätze baut, die aus mehr als fünf, sechs Wörtern bestehen, wie man Würde mit Klarheit verbindet und wie man Auge und Ohr anspricht, ohne pedantisch zu sein.

Da Hawthorne, wie Emerson und Thoreau, zur sogenannten Schule von Concord gehört, ist dies eine gute Gelegenheit, über die beiden zu reden. Ob man *Walden* interessant findet, hängt vom Geschmack des Lesers ab. Ich persönlich finde das Buch nicht langweilig, aber auch nicht anregend. Thoreau schreibt angenehm, ungezwungen, mühelos und elegant. Wenn ich aber irgendwo in der westlichen Prärie eingeschneit wäre, mit einem Taubstummen als einzigem Begleiter, wäre ich gewiß verzweifelt, wenn ich feststellen müßte, daß *Walden* das einzige Buch in dem Blockhaus ist. Es ist ein Buch jener Art, das eine kraftvolle Persönlichkeit als Autor braucht, einen, der über besondere Erfahrungen und über einen Fundus an un-

Henry David Thoreau

gewöhnlichen Kenntnissen verfügt. Thoreau war jedoch ein kraftloser Charakter, der wenig von der Welt wußte und sich in seiner, wenngleich achtbaren Lektüre auf ausgetretenen Pfaden bewegte. Ich glaube nicht, daß er die emotionale Stärke besaß, dem Experiment, welches das Thema seines Buches ist, Tiefe zu geben. Er fand heraus, daß man, wenn man seine Bedürfnisse reduziert, ohne großen Aufwand leben kann. Das wußten wir schon. Wie Hawthorne sagt: »Es trägt sehr zur moralischen und intellektuellen Gesundheit eines Menschen bei, wenn er ständig mit Leuten umzugehen hat, die anders sind als er selbst, die sich wenig aus seinen Zielen machen und deren Lebenswelt und Fähigkeiten zu schätzen er sich einen Stoß geben muß.« Wohl wahr, und niemand sollte das mehr beherzigen als der Schriftsteller.

Emerson ist natürlich eine Figur von sehr viel größerer Substanz. Ich las ihn zum erstenmal vor vielen Jahren, nachdem ich am

Comer See einer blonden Dame begegnet war. Bei unseren Ausflügen hatte sie immer Emersons *Essays* dabei. Die Stellen, die sie besonders beeindruckend fand, hatte sie mit blauem Stift (vielleicht um ihre Augenfarbe zu betonen) dick unterstrichen. Auf jeder Seite waren es mindestens zwei oder drei Stellen. Emerson, sagte sie, sei ein großer Trost für sie. In jeder schwierigen Lebenslage habe sie in seinem Buch etwas Passendes gefunden. Viele Jahre später traf ich die Dame auf Hawaii wieder und wurde liebenswürdigerweise zum Lunch in die Villa eingeladen, die sie für die Saison gemietet hatte. Sie war von Hause aus reich, doch seit unserer letzten Begegnung war sie noch weiter aufgestiegen, denn ihr Mann war in den Adelsstand erhoben worden, so daß sie nun einen Titel trug. Sie empfing mich in einem Callot-Kleid (die Schwestern Callot waren seinerzeit die tonangebenden Modemacherinnen in Paris) und trug eine Perlenkette,

Ralph Waldo Emerson

die mindestens fünfzigtausend Pfund gekostet haben mußte, aber keine Schuhe und auch keine Strümpfe. »Schauen Sie«, sagte sie und zeigte auf ihre nackten Füße, »wir leben hier sehr einfach.« Bedauerlicherweise hatte sie entzündete Fußballen. In diesem Moment brachte ein chinesischer Butler, ganz wie ein Ming-Kaiser gekleidet, ein Tablett mit Cocktails. Ich fragte sie, ob sie noch Emerson lese. Sie griff zu dem Buch, das auf dem Tisch lag, drückte es an ihren nun schon etwas welken Busen und meinte, ja gewiß, ohne die *Essays* gehe sie nie aus dem Haus. Sie zeigte mit juwelengeschmückter Hand auf den blauen Ozean, den man durch die geöffneten Fenster sah, und erklärte, daß sie ohne Emerson nie die spirituelle Bedeutung des Pazifiks begriffen hätte. Vor kurzem starb die Dame, in hohem Alter, bis zuletzt eine Emerson-Jüngerin. Ihre Segeljacht und ihre Bibliothek vermachte sie dem Gigolo, der der andere Trost ihrer letzten

Jahre gewesen war. Da sie ihm nicht genug Geld für den Unterhalt des Bootes hinterlassen hatte, verkaufte er es; gebrauchte Bücher aber bringen wenig Geld, und so hat er die Bibliothek möglicherweise behalten. In diesem Fall kann ich nur hoffen, daß der Emerson ihn in seinem Schmerz getröstet hat. Mich hat er, zugegebenermaßen, nie getröstet. Ich möchte aber nicht respektlos von einem Schriftsteller reden, auf den seine Landsleute stolz sind. Ich erkenne seinen Charme und seine Güte. Wer seine Tagebücher liest, kann nur beeindruckt sein von der Nachdenklichkeit, die er schon als junger Mensch besaß, und von der Gewandtheit, mit der er sich ausdrückte. Und da er als Vortragsredner beim Schreiben wohl an seine Zuhörer dachte, ist denkbar, daß seine Betrachtungen durch seine Stimme und Präsenz eine Eindrücklichkeit gewannen, die dem Buch fehlt. Ich kann aber nur sagen, daß mich seine gefeierten *Essays* nicht sonderlich bereichern oder unterhalten. Dem Gemeinplatz entgeht Emerson oft nur um Haaresbreite. Er hatte ein Talent für bildhafte, doch allzuoft nichtssagende Formulierungen. Emerson ist ein Schlittschuhläufer, der elegante und komplizierte Figuren auf einer Oberfläche gefrorener Platitüden dreht. Vielleicht wäre er ein besserer Schriftsteller gewesen, wäre er kein so guter Mensch gewesen. Da man sich aber bei einem so berühmten Autor aus natürlicher Neugier die Frage stellt, womit er diese Stellung in der Welt der Literatur erlangt hat, sollten Sie vielleicht seine *Englischen Charakterzüge* lesen. In diesem Buch mußte er sich an das Konkrete halten, hatte also nicht so viel Raum für jene vagen, ungenauen und oberflächlichen Gedanken, denen er sich in seinen *Essays* gern hingibt. Und so konnte er lebendiger, handfester und unterhaltsamer sein als in seinen anderen Werken. Dieses Buch kann ich tatsächlich mit Vergnügen lesen.

Es mag sein, daß die Autoren der Schule von Concord für Amerikaner eine Bedeutung haben, die sich dem Ausländer nicht erschließt. Damit muß er sich abfinden und weitergehen. Bei Edgar Allan Poe ist das nicht der Fall, er genießt in Europa vermutlich größeres Ansehen als in seiner Heimat, und in Frankreich beispielsweise ist sein Einfluß auf die Schriftsteller nach wie vor groß. Möglicherweise haben sein Charakter und seine eigenwillige Lebensweise die Amerikaner zu Unrecht veranlaßt, ihn weniger zu schätzen, als er verdient hat. Aber weder der Charakter eines Autors noch sein Leben müssen den Leser interessieren, für ihn zählen allein die Werke. Poe schrieb die schönsten Gedichte, die je in Amerika geschrieben wurden. Sie sind wie einige dieser wunderbaren venezianischen Gemälde, deren unvermutete Schönheit einem den Atem verschlägt, so daß es den Betrachter, dessen Sinne für den Augenblick angesprochen

Edgar Allan Poe

werden, nicht weiter kümmert, daß sie ihm nichts geben, womit sich die Phantasie beschäftigen kann. Sie haben nur ihre Schönheit anzubieten, aber es ist eine unvergleichliche Schönheit. Überdies war Poe ein scharfsinniger Kritiker, und seine Untersuchung zur Kunst der Kurzgeschichte beeinflußte lange Zeit seine Nachfolger. Seine Erzählungen sind unübertroffen. Ich brauche Ihnen nicht zu sagen, daß er in *Der Goldkäfer* und in den Erzählungen um Monsieur Dupin die Detektivgeschichte erfunden hat, die zu jener Flut von Büchern führte, die jeder von uns gern einmal liest. Dieses Feld wird von vielen großen Schriftstellern mit Erfolg bearbeitet, aber im Grunde hat niemand dem etwas hinzugefügt, was Poe auf Anhieb erreichte. Möglicherweise sind seine Grusel- und Kriminalgeschichten von E.T.A. Hoffmann und Balzac beeinflußt, aber sie erreichen ganz wunderbar das Ziel, das er sich gesetzt hat, denn er war ein sehr selbstbewußter Künstler, und ihr Rang ist verdient. Poe schrieb in einem schwülstigen Stil und streute großzügig romantische Elemente ein. Seine Dialoge waren bombastisch, seine Figuren im gleichen Maße unrealistisch. Sein Horizont war eng. Doch das muß man akzeptieren, denn was er uns gibt, ist einzigartig. Er schrieb wenig, und fast alles kann man mit Vergnügen lesen. Aber er hat nichts eindeutig Amerikanisches an sich. Nach meiner Erinnerung gibt es weder in seiner Prosa noch in seiner Lyrik etwas, das nicht auch ein Engländer hätte schreiben können, und wenn wir in der amerikanischen Literatur nach etwas typisch Amerikanischem Ausschau halten, müssen wir gewiß weitersuchen.

Vorher muß ich aber einen Autor erwähnen, der sich bewußt von der amerikanischen Szene abgewendet hat. Henry James war nicht der größte Schriftsteller, den Amerika hervorgebracht hat, aber sicher der bemerkenswerteste. Seine Talente waren auffällig, aber irgendeine Charakterschwäche, so muß man annehmen, hinderte ihn daran, das Beste aus ihnen zu machen. Er besaß Humor, Scharfsinn, Sensibilität, ein Gespür für Dramatik, aber auch eine Einfalt der Seele, die dafür sorgte, daß ihm die menschlichen Grundregungen – Liebe und Haß, die Angst vor dem Tod und ein Bewußtsein von der Unergründlichkeit des Daseins – unverständlich blieben. Niemand hat die Oberfläche der Dinge sorgfältiger studiert, aber es deutet nichts darauf hin, daß er je eine Ahnung von den tieferen Schichten hatte. Er hielt *Die Gesandten* für seinen besten Roman. Ich habe das Buch kürzlich wieder gelesen und war erschrokken über die Leere darin. Aufgrund der verschachtelten Sätze ist es anstrengend zu lesen. Nirgends versucht der Autor, seine Figuren durch eine bestimmte Ausdrucksweise zu charakterisieren, alle sprechen

Henry James

gleich, eine reine Henry-James-Sprache. Die einzig lebendige Person ist Mrs. Newsome, die aber nie in Fleisch und Blut auftritt, während Strether ein dummer, neugieriger Weichling ist. Das Buch wäre unerträglich ohne das große Talent des Autors (das entscheidende für jeden Romancier), seine Leser mitzureißen, sie neugierig darauf zu machen, was als nächstes passieren wird, und ohne die wunderbare Atmosphäre von Paris im Frühling und Sommer, die meines Wissens noch nie so meisterlich vermittelt wurde. Mir persönlich gefällt *Der Amerikaner* besser. Dieser Roman ist klar und elegant geschrieben, vielleicht ein wenig pompös (die Leute sind nicht, sondern weilen an einem Ort, sie sagen nicht etwas, sondern tun etwas kund, sie gehen nicht schlafen, sondern begeben sich zur Ruhe), doch dadurch erhält der Roman ein gewisses Zeitkolorit, das mir nicht unangenehm ist. Es ist ein eigentümlicher Roman, ein Liebesroman ohne Liebe. Christopher Newman möchte Madame de Cintré heiraten, weil seine Kinder eine Mutter haben sollen und sie an seiner Tafel eine gute Figur machen würde, doch als die Verlobung gelöst wird, ist sein Stolz verletzt, nicht aber sein Herz. Die Figuren sind keine Menschen, die Männer gleichen gestärkten Hemden und die Frauen Krinolinen. Madame de Cintré, obschon reizend, anmutig und elegant, ist eine ganz und gar konventionelle Figur, die den Eindruck vermittelt, als sei sie nicht nach der Natur gezeichnet, sondern das Ergebnis eifrigen Studiums der Balzacschen Romane. Allerdings konnte Balzac noch der konventionellsten Figur etwas von seiner eigenen überbordenden Vitalität geben. Nichts dergleichen bei Henry James, und Madame de Cintré ist nicht lebendiger als eine Illustration in einem Modealmanach. Newman, der Amerikaner, ist ein Pionier aus dem Westen, und wenn man überlegt, in welcher Zeit die

Geschichte spielt, könnte er durchaus am »Gold Rush« nach Kalifornien teilgenommen haben. Doch Henry James scheint den Typus, den er porträtieren wollte, viel zu wenig gekannt zu haben, als daß sein Held auch nur ansatzweise plausibel wirkt. Newman kann seine förmliche Ausdrucksweise kaum in einem Billardsaloon in St. Louis oder im Hafen von San Francisco gelernt haben. Ich persönlich glaube, daß er seinen Autor zum Narren gehalten hat und daß die aristokratischen Bellegardes in Wahrheit nicht deswegen gegen die geplante Verbindung waren, weil Newman Geschäftsmann war, sondern (wie sie zum Glück noch rechtzeitig herausfanden) Hilfsdozent für Englisch an der Harvard-Universität. Trotz allem ist *Der Amerikaner* sehr wohl lesenswert. Das erzählerische Geschick des Autors ist so groß, sein Gespür für Spannung so vorzüglich und seine dramaturgische Handschrift so sicher, daß man von Anfang bis zum Schluß gefesselt ist. Das Buch ist packend wie eine Detektivgeschichte und letzten Endes auch nicht unglaubwürdiger, und die liebenswürdige, weltläufige und kultivierte Art des Autors kann man nur reizvoll finden. *Der Amerikaner* ist kein bedeutendes, aber doch ein sehr lesenswertes Buch. Es gibt nicht viele Romane, von denen man das sechzig Jahre nach ihrem Erscheinen noch sagen kann.

Doch nun möchte ich von einem bedeutenden Buch sprechen, und zwar von *Moby-Dick*. Ich habe Melvilles Südseeromane (*Omoo* und *Typee*) während meines Aufenthalts auf den Inseln gelesen, und zwar mit Interesse und Vergnügen, hatte aber nie das Bedürfnis, sie ein zweitesmal zu lesen. Und seinen *Pierre* habe ich nicht gelesen, weil ich der Meinung guter Rezensenten vertraute, Melville habe das Buch in einem Zustand geistiger Zerrüttung geschrieben. Doch *Moby-Dick* reicht aus, einen Autor berühmt zu machen. Einige Kritiker haben sich über den ausladenden Stil beklagt. Ich finde, das Buch ist in einer Sprache geschrieben, die wunderbar zum Thema paßt. Pathos ist immer Glückssache. Wenn es gutgeht, erreicht man den Gipfel, wenn nicht, fällt man ins Lächerliche. Zugegeben, Melville rutscht ab und zu aus, aber kein Mensch kann sich ständig in den höchsten Höhen bewegen, und seine Ausrutscher wird man ihm nachsehen, wenn man bedenkt, wie großartig, wie nobel-kraftvoll, wie glänzend seine besten Passagen formuliert sind. Einige Kapitel, in denen es um alte Sagen geht und die naturkundlichen Abhandlungen über den Wal finde ich langweilig. Offenkundig wollte Melville mit seinen Kenntnissen glänzen, aber die Schrullen eines großen Autors muß man einfach akzeptieren. Zuweilen schlummert selbst Homer, und Shakespeare schreibt manchmal leere, nichtssagende Passagen. Doch in den Szenen in

Herman Melville

New Bedford, und überall dort, wo er Ereignisse schildert, wo er Menschen beschreibt, vor allem natürlich den titanischen Ahab, ist Melville großartig. Da ist eine Erregung, ein Geheimnis, eine Vorahnung, eine Leidenschaft, die Konfrontation mit den Schrecknissen des Lebens, mit der Unausweichlichkeit des Schicksals, mit der Macht des Bösen. Man wird gepackt, ist erschüttert, fühlt sich am Ende aber eigentümlich aufgerichtet. Und wenn man Schriftsteller ist, erfüllt einen mit Stolz, daß man eine Kunst ausübt, die solche Höhen erreicht und auf so wunderbare Weise Herz, Sinne und Verstand der Menschen anspricht.

Doch obwohl die Geschichte in New Bedford beginnt und die Handlung auf einem amerikanischen Walfangschiff spielt, finde ich in Melvilles Buch nicht dieses speziell amerikanische Flair, nach dem ich suche, weil sie als Charakteristikum bedeutsam ist. Melville stand der europäischen

Kultur nahe. Seine Prosa vermittelt den Eindruck, als gründe sie auf der Sprache der großen Engländer des siebzehnten Jahrhunderts. Und wenn seine Figuren, jedenfalls die wichtigen, auch Amerikaner sind, so sind sie es eher zufällig. Sie sind etwas überlebensgroß und im Grunde bewohnen sie kein bestimmtes Land, sondern jenes faszinierende und sonderbare Reich, in dem die Figuren Dostojewskijs und die wilden Geschöpfe der *Sturmhöhe* leben und einander quälen. Es wäre in jedem Fall schwierig, und in dem mir zur Verfügung stehenden Platz unmöglich, genau zu sagen, was ich unter der amerikanischen Färbung verstehe. In der Literatur ist es jenes charakteristische Element, das ein Werk von denen unterscheidet, die in einem anderen Land entstanden sein könnten, und es so als unverkennbares Produkt seiner Umgebung kennzeichnet. Aber ich kann ein gutes Beispiel geben. Man findet dieses Element bei Mark Twain, besonders im *Huckleberry Finn*, wo es sich in all seiner Fülle zeigt. Dieses Buch steht meilenweit über seinen anderen Werken. Es ist ein wahres Meisterwerk. Einst wurde Mark Twain etwas herablassend behandelt, weil er ein Humorist war und die weisen Leute dazu neigen, zeitgenössischen Humor schief anzusehen. Nach seinem Tod haben sie sich aber besonnen, und heute dürfte er weltweit als einer der größten amerikanischen Schriftsteller gelten. Folglich brauche ich nicht viel über ihn zu sagen. Ich möchte nur auf eines hinweisen. Als Mark Twain versuchte, in einem literarischen Stil zu schreiben, schuf er (wie in *Leben auf dem Mississippi*) nur belanglose Journalistenprosa. Doch in *Huckleberry Finn* hatte er die wunderbare Idee, aus der Sicht seines unsterblichen Helden zu erzählen, und schuf so ein Beispiel jenes umgangssprachlichen Stils, der einige der besten und charakteristischen amerikanischen Gegenwartsschriftsteller beeinflußt hat.

Mark Twain

Mark Twain zeigte ihnen, daß eine lebendige Sprache nicht bei den englischen Autoren des siebzehnten und achtzehnten Jahrhunderts zu suchen ist, sondern in der Alltagssprache der eigenen Landsleute. Es wäre töricht anzunehmen, daß die Sprache Huckleberry Finns das ist, was in der Malerei als figürlich bezeichnet wird. Kein ungebildeter Bub dürfte so hübsche Sätze formuliert oder so passende Eigenschaftswörter verwendet haben. Vielleicht weil der Autor fand, daß es unter der Würde der Literatur sei, so umgangssprachlich in der ersten Person zu schreiben, bediente er sich eines literarischen Kunstgriffs, den wir gern akzeptieren – indem er uns glauben macht, sein kleiner Held habe tatsächlich so gesprochen. Und so konnte er den amerikanischen Stil von den Fesseln befreien, die ihn so lange eingezwängt hatten. *Huckleberry Finn* steht mit der erstaunlichen Fülle seiner Erfindungskraft, mit seinem Temperament und seiner

Vitalität in der Tradition des Schelmenromans, jener berühmten literarischen Erzählform. Und er behauptet sich tapfer neben den beiden herausragendsten Beispielen des Genres, *Gil Blas* und *Tom Jones*. Und hätte Mark Twain nicht die unselige Idee gehabt, diesen Langweiler Tom Sawyer zu erschaffen, der die letzten Kapitel ruiniert, wäre dieses Werk überhaupt makellos.

Inzwischen habe ich den mir zur Verfügung gestellten Platz so weit ausgefüllt, daß ich *Der Oregon-Treck* nur erwähnen kann. Parkman hat diese Reise vor weniger als hundert Jahren unternommen, zu einer Zeit, als Abertausende Büffel durch die Weiten der Prärie zogen und man ständig mit Angriffen feindlicher Indianer rechnen mußte. Parkman war mutig, entschlossen und von trockenem Humor. Mit diesen Eigenschaften und einem grandiosen Thema schrieb er ein Buch, das von der ersten bis zur letzten Seite unterhaltsam ist. Es ist so gut, daß man

Emily Dickinson

nur bedauern kann, daß es ohne Anmut geschrieben ist.

Auch zu Emily Dickinson muß ich ein paar Worte sagen. Ich fürchte, viele Amerikaner werden beleidigt sein, wenn ich gestehe, daß ihr meines Erachtens mehr Anerkennung zuteil wurde, als sie verdient hat. Sie wird als die große amerikanische Dichterin gepriesen. Dichtung hat aber nichts mit Nationalität zu tun. Dichter bewohnen die himmlischen Sphären, sie gehören keinem Land. Sprechen wir denn von Homer als einem großen griechischen Dichter oder von Dante als einem großen italienischen Dichter? Das wäre eine Geringschätzung. Auch sollten wir uns in unserem Urteil nicht von der Lebenssituation eines Dichters beeinflussen lassen. Daß Emily Dickinson eine unglückliche Liebesaffäre hatte und jahrelang zurückgezogen lebte, daß Poe trank und seinen Freunden gegenüber undankbar war, macht die Gedichte der einen nicht besser, die des anderen nicht schlechter. Emily Dickinson sollte man vorzugsweise in Anthologien lesen. Ihr Witz, ihre Geistesschärfe, ihre Schlichtheit entfalten dort ihre stärkste Wirkung, und vielleicht wären die meisten Anthologien reichhaltiger, wenn die Herausgeber nicht so wählerisch wären. Wer aber Dickinsons Werk zur Gänze liest, wird vermutlich enttäuscht sein. Die Dichterin ist dort am besten, wo sie sich die Freiheit nimmt, zu singen, wo der Rhythmus moduliert, wo die Sprache ihren Gefühlen dient und ihre Einfälle spontan sind. Das aber geschieht leider viel zu selten. Emily Dickinson konnte, genau wie Emmeline Grangerford, Gedichte aus dem Ärmel schütteln. Ihre ständige Verwendung des Balladenversmaßes ermüdet. Diese Form ist an sich eine Beschränkung, und Dickinson schränkt sie noch weiter ein, weil sie kein feines Ohr hatte und ihre Sprache nur selten hinreichend einfach für dieses Versmaß war. Sie hatte einen intellektuellen Zug, der sie allzuoft verführte, lyrische Schönheit einer geistreichen Pointe zu opfern. In kurzen epigrammatischen Gedichten ist es wichtig, den Nagel genau auf den Kopf zu treffen. Dickinson traf ihn meist etwas schief. Sie hatte Talent, aber nur in Maßen, und es verwirrt, wenn für sie etwas beansprucht wird, das ihr Werk kaum hergibt. Die Dichtung ist die Krone der Literatur, aber wir dürfen verlangen, daß ihre Perlen keine Kunstperlen und ihre Rubine keine künstlichen sind. Amerika wird Dichter hervorbringen (und hat sie auch schon hervorgebracht), angesichts derer die Loblieder, die auf Emily Dickinson angestimmt werden, übertrieben erscheinen.

Schließlich möchte ich noch von Walt Whitman sprechen. Ihn habe ich mir bis zum Schluß aufgehoben, weil ich glaube, daß wir in *Grashalme* endlich dem reinen und unverfälschten, von europäischen Einflüssen freien Amerikanismus begegnen, den wir suchen. *Grashalme* ist ein außerordentlich bedeutsames Werk. Da ich anfangs aber schrieb, ich würde Ihnen nur Bücher empfehlen, die, ungeachtet all ihrer übrigen Qualitäten, Ihnen vor allem Vergnügen bereiten sollten, muß ich Ihnen sagen, daß nur wenige große Dichter unausgewogener waren als Whitman. Viele Bücher werden für Leser doch ruiniert, weil die Kritiker von ihnen sprechen, als seien sie fehlerlos. Vollkommenheit gibt es auf dieser Welt nicht, und in der Regel erreicht man Wertvolles nur auf Kosten von Unzulänglichkeiten. Es ist viel besser, wenn der Leser weiß, was er zu erwarten hat. Sonst wird er, wenn er feststellt, daß er in die Lobeshymnen der Kritiker nicht einstimmen kann, sich übertriebene Vorwürfe machen, etwas nicht zu schätzen, das in Wahrheit keine Wertschätzung verdient hat. Whitman konnte besonders gut Anfänge schreiben, aber weil ihm das Schreiben zu leicht fiel oder weil ihn sein

Walt Whitman

Wortreichtum berauschte, schrieb er einfach immer weiter, obwohl er dem Gesagten nichts Bedeutsames hinzuzufügen hatte. Damit muß man sich abfinden. Whitman schrieb seine Gedichte teils in der rhythmischen Sprache der Bibel, teils in der Sorte Blankvers, die im siebzehnten Jahrhundert gepflegt wurde, und teils in einer plumpen, langweiligen Sprache, die das Ohr beleidigt. Nun, auch das muß man akzeptieren. Diese Unzulänglichkeiten sind bedauerlich, aber irrelevant. Man kann sie leicht übergehen. *Grashalme* ist ein Buch, das man überall aufschlagen und so lange lesen kann, wie es einem gefällt, um dann an einer ganz anderen Stelle weiterzulesen. Whitman konnte reine, wunderschöne Verse schreiben, er konnte packende Formulierungen finden und stieß oft auf wunderbar ergreifende Ideen. Daß er einer der allerfaszinierendsten Dichter ist, muß ich niemandem sagen. Er besaß Kraft und jenes Bewußtsein vom Leben in all seiner Fülle, Leidenschaft, Schönheit und Heiterkeit, das ein Amerikaner zu Recht und voller Stolz für typisch amerikanisch halten mag. Whitman schrieb Gedichte für den einfachen Mann. Er zeigte, daß Dichtung nicht nur im Mondschein, in Burgruinen und dem Pathos liebeskranker Mädchen zu finden ist, sondern auf der Straße, in Zügen und Dampfschiffen, in der Anstrengung des Handwerkers und der Plakkerei der Bauersfrau, in Arbeit und Müßiggang, kurzum in jedem Leben, überall. So wie Wordsworth zeigte, daß man Gedichte auch ohne poetische Sprache schreiben kann, nämlich mit den normalen Ausdrükken der Alltagssprache, so zeigte Whitman, daß die Themen des Dichters nicht nur dort sind, wo der Romantiker sie gesucht hatte, sondern überall, in den gewöhnlichen Verhältnissen unseres Alltags. Whitmans Gedichte sind nicht eskapistisch, denn sie bejahen die Welt. Nur ein stumpfsinniger

Amerikaner kann Whitman lesen, ohne ein besseres Verständnis von der unendlichen Weite seines Landes zu gewinnen, von der Fülle seiner Möglichkeiten und der grenzenlosen Hoffnung, die Amerikas Zukunft bereithält. Ich glaube, daß Amerika erst durch Whitman in der Literatur seiner selbst gewahr wurde. Es ist kraftvolle, demokratische Lyrik, es ist der authentische Schlachtruf einer neuen Nation und das solide Fundament einer Nationalliteratur. In europäischen Museen sieht man manchmal Darstellungen des Stammbaums des Hauses Jesse, wobei Adam als Baumstamm erscheint und die Zweige mit den Patriarchen und Königen Israels enden. Wollte man die Entwicklung der amerikanischen Literatur in Form eines ähnlichen Stammbaums darstellen (mit O. Henry, Ring Lardner, Theodore Dreisser, Sinclair Lewis, Willa Cather, Robert Frost, Vachel Lindsay, Eugene O'Neill und Edwin Arlington Robinson an den Enden der

Zweige), dann hätte der grob behauene Baumstamm die eindrucksvolle, furchtlose und unverwechselbare Gestalt Walt Whitmans.

Besprochene Romane und ihre Autoren

Adam Bede (George Eliot) 34
Adolphe (Benjamin Constant) 106
Anna Karenina (Leo Tolstoi) 80ff.
Artemus Ward (Charles Farrar) 111
Auf der Suche nach der verlorenen Zeit (Marcel Proust) 107f.
Austen, Jane 8, 55ff., 109
Autobiographie (Edward Gibbon) 51f.
Balzac, Honoré de 8, 99ff., 138, 143
Bekenntnisse (Jean-Jaques Rousseau) 96ff.
Boswell, James 46ff., 119
Bridges, Robert 27f.
Brontë, Charlotte 8
Brontë, Emily 59ff., 85
Bullett, Gerald 65
Butler, Samuel 52
Candide (Voltaire) 94f., 106
Carlyle, Thomas 78
Cather, Willa 162
Cervantes, Miguel de 68ff.
Chaucer, Geoffrey 119
Constant, Benjamin 106
Das Leben der englischen Dichter (Samuel Johnson) 50
Das Tagebuch einer Reise nach den

Hebriden (James Boswell) 46
Das Verlorene Paradies (John Milton) 68
David Copperfield (Charles Dickens) 52ff., 114
Defoe, Daniel 39f., 44
Der Amerikaner (Henry James) 142ff.
Der Egoist (George Meredith) 15, 19ff.
Der Goldkäfer (E. A. Poe) 138
Der Oregon-Treck (Francis Parkman) 153
Der scharlachrote Buchstabe (Nathaniel Hawthorne) 122ff.
Der Weg allen Fleisches (Samuel Butler) 52, 54
Dickens, Charles 8, 17, 52ff., 99, 114
Dickinson, Emily 154ff.
Die Abenteuer des Hadschi Baba von Isfahan (James Moriers) 8
Die Brüder Karamasow (Fjodor Dostojewskij) 78, 84ff.
Die drei Musketiere (Alexandre Dumas) 106
Die Eustace-Diamanten (Anthony Trollope) 15ff., 62
Die Gesandten (Henry James) 140f.
Die Kartause von Parma (Stendahl) 101f.
Die Perlmutterdose (Anatole France) 107
Die Prinzessin von

Clèves (Marie-Madeleine de la Fayette) 92f.
Die Türme von Barchester (Anthony Trollope) 15ff.
Don Quijote von la Mancha (Miguel de Cervantes) 68ff.
Dostojewskij, Fjodor 8, 78, 84ff., 109, 149
Dreisser, Theodore 162
Dr. Samuel Johnson (James Boswell) 28, 41f., 45ff., 68, 119, 121
Dumas, Alexandre 106
Edward, Jonathan 112
Eine empfindsame Reise (Laurence Sterne) 45f.
Eliot, George 15, 24ff., 34, 62
Eliot, T. S. 19
Emerson, Ralph Waldo 128, 130ff.
Englische Charakterzüge (Ralph Waldo Emerson) 135
English Galaxy of Shorter Poems (Gerald Bullett) 65
Essais (Michel de Montaigne) 71ff.
Essays (Ralph Waldo Emerson) 131ff.
Farrar, Charles 111
Fayette, Marie-Madeleine de la 92f.
Fielding, Henry 42ff., 119
Flaubert, Gustave 99, 102f.
France, Anatole 106f.
Franklin, Benjamin 119f., 125f.
Frost, Robert 162
Gibbon, Edward 51f.
Gil Blas (Alain Lesage) 153

Goethe, Johann Wolfgang 77f., 109
Golden Treasury (William Palgrave, Lyrik) 64
Gosse, Edmund 63
Grangerford, Emmeline 156
Grashalme (Walt Whitman) 157ff.
Gray, Thomas 50
Gullivers Reisen (Jonathan Swift) 41f.
Habberton, John *(Helen's Babies)* 111
Hawthorne, Nathaniel 122ff., 130
Hazlitt, William Carew 58f.
Helen's Babies (John Habberton) 111
Henry, O. 162
Hoffmann, E. T. A. 21, 138
Huckleberry Finn (Mark Twain) 150ff.
Jahrmarkt der Eitelkeit (William Thackery) 59f.
James, Henry 139ff.
Johnson, Samuel 29, 41f., 45ff., 68, 119, 121
Krieg und Frieden (Leo Tolstoi) 78, 80ff.
Lamb, Charles 58ff.
Lardner, Ring 162
Leben auf dem Mississippi (Mark Twain) 150
Lebenserinnerungen (Benjamin Franklin) 119f.
Lesage, Alain 153
Lewis, Sinclair 162
Lindsay, Vachel 162
Lycidas (John Milton) 50
Madame Bovary

(Gustave Flaubert) 102ff.
Manon Lescaut (Abbé Prevost) 93f.
Mansfield Park (Jane Austen) 58
Melville, Herman 85, 121, 145ff.
Meredith, George 15, 19ff.
Middlemarch (George Eliot) 15, 23ff.
Milton, John 50, 68
Moby-Dick (Hermann Melville) 21, 85, 145ff.
Moll Flanders (Daniel Defoe) 39ff.
Montaigne, Michel de 71ff., 88
Moriers, James 8
My First Aquaintance with Poets (William Carew Hazlitt) 59
Omoo (Hermann Melville) 145
O'Neill, Eugene 162
Ormsby, John 68ff.
Oxford Book of English Verse 27, 65
Palgrave, William 64
Parkman, Francis 153
Pierre (Hermann Melville) 145
Poe, Edgar Allan 121, 136ff., 154
Pope, Alexander 119
Prevost, Abbé 93f.
Proust, Marcel 107f.
Richardson, Samuel 45
Robinson, Edwin Arlington 162
Rot und Schwarz (Stendahl) 101f.
Rousseau, Jean-Jaques 96ff.
Ryland, George 66
Shakespeare, William 65f., 109, 146
Shaw, George Bernhard 19

Shelton, Thomas 68
Sir Charles Grandison (Samuel Richardson) 45
Stendhal 99, 101ff.
Sterne, Laurence 45f., 127
Sturmhöhe (Emily Brontë) 59ff., 85, 149
Swift, Jonathan 41f.
Thackeray, William M. 59f.
The Spirit of Man (Robert Bridges) 27f.
Thoreau, Henry David 128ff.
Tischgespräche (William Carew Hazlitt) 59
Tolstoi, Leo 55, 78, 80ff.
Tom Jones (Henry Fielding) 42ff.
Tristram Shandy (Lawrence Sterne) 45f., 52
Trollope, Anthony 15ff., 62
Turgenjew, Iwan 78f.
Twain, Mark 149ff.
Typee (Hermann Melville) 145
Vater Goriot (Honoré de Balzac) 101
Väter und Söhne (Iwan Turgenjew) 78f.
Voltaire 94ff.
Walden (Henry David Thoreau) 128ff.
Walton, Izaak 8
Whitman, Walt 121, 157ff.
Wilhelm Meisters Lehrjahre/Wanderjahre (Johann Wolfgang Goethe) 74ff.
Wordsworth, William 161

Bitte beachten Sie auch die folgenden Seiten

Klassiker im Diogenes Verlag

● Jane Austen

Emma. Roman. Aus dem Englischen von Horst Höckendorf. Mit einem Nachwort von Klaus Udo Szudra

Gefühl und Verstand. Roman. Deutsch von Erika Gröger

Die Abtei von Northanger. Roman. Deutsch, mit einem Nachwort und Anmerkungen von Christiane Agricola

Die Liebe der Anne Elliot oder Überredungskunst. Roman. Deutsch und mit einem Nachwort von Gisela Reichel

● Honoré de Balzac

Zwei Frauen. Roman. Aus dem Französischen von Gabrielle Betz

Die Frau von dreißig Jahren. Roman. Deutsch von Erich Noether. Mit einem Nachwort von Eugen Lerch

Vater Goriot. Roman. Deutsch von Rosa Schapire. Mit einem Nachwort von W. Somerset Maugham

Junggesellenwirtschaft. Roman. Deutsch von Franz Hessel

Verlorene Illusionen. Roman. Deutsch von Otto Flake. Mit einem Nachwort von Hans-Jörg Neuschäfer

Tante Lisbeth. Roman. Deutsch von Paul Zech

Vetter Pons. Roman. Deutsch von Otto Flake

Eine dunkle Geschichte. Roman. Deutsch von Friedrich von Oppeln-Bronikowski und Frieda von Oppeln

Tolldreiste Geschichten. Deutsch und mit einem Nachwort von Herbert Kühn. Mit Bildern von Gustave Doré

Geliebtes Leben. Herausgegeben von Werner Fuchs-Hartmann

Mystische Geschichten. Deutsch von Franz Hessel, Else von Hollander und Emmi Hirschberg. Mit einem Nachwort von Wilhelm Dilthey

Das Mädchen mit den Goldaugen. Erzählung. Deutsch von Victor von Koczian. Mit einem Nachwort von Stefan Zweig

Oberst Chabert. Erzählung. Deutsch von Ernst Weiss

Balzac – Leben und Werk. Zeugnisse und Aufsätze von Victor Hugo bis Georges Simenon. Mit einem Repertorium der wichtigsten Romanfiguren, Chronik und Bibliographie. Herausgegeben von Claudia Schmölders

● James Boswell

Dr. Samuel Johnson. Leben und Meinungen. Aus dem Englischen von Fritz Güttinger

● Charlotte Brontë

Jane Eyre. Aus dem Englischen von Bernhard Schindler

● Emily Brontë

Sturmhöhe. Aus dem Englischen von Gladys von Sondheimer

● Miguel de Cervantes Saavedra

Leben und Taten des scharfsinnigen Edlen Don Quixote von la Mancha. Roman. Aus dem Spanischen von Ludwig Tieck. Mit einem Essay von Heinrich Heine und Illustrationen von Gustave Doré

● Daniel Defoe

Robinson Crusoe. Seine ersten Seefahrten, sein Schiffbruch und sein siebenundzwanzigjähriger Aufenthalt auf einer unbewohnten Insel. Mit einem Nachwort von Ulrich Greiner

● Charles Dickens

Ausgewählte Romane und Geschichten. In der deutschen Übertragung von Gustav Meyrink

David Copperfield. Roman. Mit einem Essay von W. Somerset Maugham

Oliver Twist. Roman

Bleakhaus. Roman. Mit einem Nachwort von Hans Hennecke

Die Pickwickier. Roman. Mit einem Nachwort von Walter Kluge

Martin Chuzzlewit. Roman. Mit einem Nachwort von Jérôme von Gebsattel

Weihnachtslied. Eine Gespenstergeschichte. Deutsch von Richard Zoozmann. Mit Zeichnungen von Tatjana Hauptmann und einem Essay von John Irving

● Emily Dickinson

Guten Morgen, Mitternacht. Gedichte und Briefe. Zweisprachig. Ausgewählt, aus dem Amerikanischen übertragen sowie mit einem Nachwort versehen von Lola Gruenthal

● Fjodor Dostojewskij

Meistererzählungen. Herausgegeben, aus dem Russischen und mit einem Nachwort von Johannes von Guenther

● Ralph Waldo Emerson

Natur. Aus dem Amerikanischen von Harald Kiczka. Mit dem Nachruf auf Emerson von Herman Grimm
Essays. Erste Reihe. Herausgegeben, deutsch und mit einem ausführlichen Anhang von Harald Kiczka
Von der Schönheit des Guten. Betrachtungen und Beobachtungen. Ausgewählt, übertragen und mit einem Vorwort von Egon Friedell. Nachwort von Wolfgang Lorenz
Repräsentanten der Menschheit. Sieben Essays. Deutsch von Karl Federn. Mit einem Nachwort von Egon Friedell

● Gustave Flaubert

Werke in acht Bänden in Kassette. Alle Bände auch einzeln lieferbar:
Leidenschaft und Tugend. Erste Erzählungen. Herausgegeben, aus dem Französischen übersetzt und mit einem Nachwort von Traugott König (vorm.: *Jugendwerke*)
Memoiren eines Irren. November, Erinnerungen, Aufzeichnungen und innerste Gedanken. Herausgegeben, übersetzt und mit einem Nachwort von Traugott König (vorm.: *November*)
Die Versuchung des heiligen Antonius. Deutsch von Felix Paul Greve. Mit einem Brief von Ernest Renan, einem Essay von Paul Valéry sowie einem Glossar im Anhang
Madame Bovary. Sitten der Provinz. Roman. Deutsch von René Schickele und Irene Riesen. Mit den Rezensionen von Sainte-Beuve, Jules Barbey d'Aurevilly und Charles Baudelaire sowie einem Nachwort von Heinrich Mann
Salammbô. Roman. Deutsch von Friedrich von Oppeln-Bronikowski. Mit Rezensionen von Gautier, Berlioz und George Sand, den Verteidigungsbriefen Flauberts an Sainte-Beuve und Froehner sowie zwei Karten und einem Glossar im Anhang
Drei Geschichten. Ein schlichtes Herz/Die Legende von Sankt Julian dem Gastfreien/Herodias. Deutsch von E.W. Fischer. Mit Äußerungen von Théodore de Banville, Maxim Gorki, Marcel Schwob und Anatole France im Anhang
Bouvard und Pécuchet. Roman. Deutsch von Erich Marx. Mit Essays von Raymond Queneau, Lionel Trilling und Jorge Luis Borges sowie einem Glossar im Anhang
Die Erziehung des Herzens. Geschichte eines jungen Mannes. Deutsch von E.A. Rheinhardt. Mit den Rezensionen von Jules Barbey d'Aurevilly, George Sand und Émile Zola sowie einem Glossar im Anhang
Briefe. Herausgegeben und übersetzt von Helmut Scheffel
Reisetagebuch aus Ägypten. Deutsch von E.W. Fischer. Mit einem Nachwort von Wolfgang Koeppen
Leben und Werk. Herausgegeben von Gerd Haffmans, Franz Cavigelli und Daniel Kampa (vorm.: *Über Flaubert*)

● Johann Wolfgang Goethe

Faust. Der Tragödie erster und zweiter Teil. Herausgegeben von Ernst Merian-Genast. Mit einem Nachwort von Thomas Mann
Die Leiden des jungen Werther. Roman. Mit einem Kommentar des Autors aus dem Jahre 1814
Die Wahlverwandtschaften. Roman. Mit einem Nachwort von Reinhard Baumgart
Die schönsten Gedichte. Ausgewählt von Franz Sutter
Denken mit Johann Wolfgang Goethe. Herausgegeben und mit einem Vorwort von Ernst Freiherr von Feuchtersleben. Mit einer Schlußbemerkung von Hans Tabarelli (vorm.: *Gedanken und Aussprüche*)
Johann Wolfgang Goethe. Sein Leben erzählt von Otto A. Böhmer

● Nikolai Gogol

Meistererzählungen. Auswahl, Vorwort und Übersetzung aus dem Russischen von Sigismund von Radecki (vorm.: *Die Nase*)
Die toten Seelen. Roman. Deutsch von Philipp Löbenstein. Mit einem Nachwort von Horst Bienek

● O. Henry

Der edle Gauner. Erzählungen. Deutsch von Annemarie und Heinrich Böll, Thomas Eichstätt, Wolfgang Kreiter und Hans Wollschläger
Glück, Geld und Gauner. Ausgesuchte Geschichten. Deutsch von Christine Hoeppner, Wolfgang Kreiter, Rudolf Löwe und Charlotte Schulz. Mit Zeichnungen von Godi Hofmann
Das Herz des Westens. Erzählungen. Deutsch von Annemarie und Heinrich Böll, Thomas Eichstätt und Wilhelm Höck

Die klügere Jungfrau. Erzählungen. Mit einem Essay von Cesare Pavese. Deutsch von Annemarie und Heinrich Böll, Thomas Eichstätt und Wilhelm Höck, Theo Schumacher und Hans Wollschläger
Meistererzählungen. Mit einem Nachwort von Heinrich Böll
Rollende Steine. Mit einem Nachwort von Heinrich Böll. Deutsch von Annemarie und Heinrich Böll, Thomas Eichstätt, Wilhelm Höck, und Hans Wollschläger
Streng geschäftlich. Erzählungen. Deutsch von Annemarie und Heinrich Böll, Theo Schumacher, Wilhelm Höck, Wolfgang Kreiter und Hans Wollschläger
Wege des Schicksals. Erzählungen. Deutsch von Annemarie und Heinrich Böll, Thomas Eichstätt, Wilhelm Höck, Thomas Eichstätt und Hans Wollschläger

● E.T.A. Hoffmann
Meistererzählungen. Herausgegeben von Christian Strich. Mit einem Nachwort von Stefan Zweig

● Ring Lardner
Champion. Herausgegeben und mit einem Nachwort von Fritz Güttinger. Aus dem Amerikanischen von Fritz Güttinger, Elisabeth Schnack und Ingeborg Hucke

● Herman Melville
Moby-Dick. Roman. Aus dem Amerikanischen von Thesi Mutzenbecher und Ernst Schnabel. Mit einem Essay von W. Somerset Maugham

● Michel de Montaigne
Essais nebst des Verfassers Leben nach der Ausgabe von Pierre Coste, ins Deutsche übersetzt von Johann Daniel Tietz. Mit Personen- und Sachregister sowie einem Nachwort zu dieser Ausgabe von Winfried Stephan
Denken mit Michel de Montaigne. Eine Auswahl aus den Essais, vorgestellt von André Gide. Aus dem Französischen und mit einem Nachwort von Hanno Helbling (vorm.: *Essais. Eine Auswahl*)
Über Montaigne. Aufsätze und Zeugnisse von Pascal bis Canetti. Herausgegeben von Daniel Keel. Deutsch von Irene Holicki und Linde Birk. Mit Chronik und Bibliographie

Wilhelm Weigand
Michel de Montaigne. Eine Biographie

Mathias Greffrath
Montaigne heute. Leben in Zwischenzeiten

● Edgar Allan Poe
Werkausgabe in Einzelbänden, herausgegeben von Theodor Etzel. Aus dem Amerikanischen von Gisela Etzel, Wolf Durian u. a.
Der Untergang des Hauses Usher und andere Geschichten von Schönheit, Liebe und Wiederkunft
Die schwarze Katze und andere Verbrechergeschichten
Die Maske des Roten Todes und andere phantastische Fahrten
Der Teufel im Glockenstuhl und andere Scherz- und Spottgeschichten
Die denkwürdigen Erlebnisse des Arthur Gordon Pym. Roman. Mit einem Nachwort von Jörg Drews
Meistererzählungen. Auswahl und Nachwort von Mary Hottinger

● William Shakespeare
Dramatische Werke. Übersetzung von Schlegel/Tieck, Edition von Hans Matter, Illustrationen von J. H. Füßli
Romeo und Julia / Hamlet / Othello
König Lear / Macbeth / Timon von Athen
Julius Cäsar / Antonius und Cleopatra / Coriolanus
Ein Sommernachtstraum / Der Kaufmann von Venedig / Viel Lärm um nichts / Wie es euch gefällt / Die lustigen Weiber von Windsor
Shakespeares Königsdramen. Nacherzählt und mit einem Vorwort von Urs Widmer. Mit Zeichnungen von Paul Flora

● Stendhal
Über die Liebe. Essay. Aus dem Französischen von Franz Hessel. Mit Fragmenten, einem Anhang aus dem Nachlaß des Autors und einer Anmerkung von Franz Blei
Rot und Schwarz. Eine Chronik des 19. Jahrhunderts. Deutsch von Rudolf Lewy. Mit einer Anmerkung von Franz Blei und einem Nachwort von Heinrich Mann
Die Kartause von Parma. Roman. Deutsch von Erwin Rieger. Mit einem Nachwort von Franz Blei
Meistererzählungen. Mit einem Nachwort von Maurice Bardèche

● Laurence Sterne
Tristram Shandy. Roman. Aus dem Englischen von Rudolf Kassner. Anmerkungen von Walther Martin

● Jonathan Swift
Gullivers Reisen. Aus dem Englischen von Franz Kottenkamp. Mit einem Vorwort von Hermann Hesse, einer Lebensbeschreibung des Autors von Walter Scott, einem Swift-Lexikon und einem Nachwort von Franz Riederer

● Henry David Thoreau
Über die Pflicht zum Ungehorsam gegen den Staat – Civil Disobedience. Ein Essay. Zweisprachige Ausgabe. Deutsch von Walter E. Richartz. Mit einem Nachwort von Manfred Allié. Mit Anmerkungen und einer Zeittafel
Walden oder Leben in den Wäldern. Aus dem Amerikanischen von Emma Emmerich und Tatjana Fischer. Mit einem Vorwort von Walter E. Richartz, Anmerkungen, Sach- und Namenregister sowie einer Zeittafel
Vom Spazieren. Ein Essay. Deutsch von Dirk van Gunsteren

● Leo Tolstoi
Anna Karenina. Roman. Aus dem Russischen von Arthur Luther. Mit einem Nachwort von Egon Friedell
Meistererzählungen. Ausgewählt von Christian Strich. Deutsch von Arthur Luther, Erich Müller und August Scholz
Auferstehung. Roman. Deutsch von Ilse Frapan. Mit einem Nachwort von Stefan Zweig

● Iwan Turgenjew
Meistererzählungen. Herausgegeben, aus dem Russischen und mit einem Nachwort von Johannes von Guenther

● Mark Twain
Die Abenteuer von Tom Sawyer und Huckleberry Finn. Mit Bildern von Tatjana Hauptmann. Aus dem Amerikanischen von Lore Krüger. Beide Bände zusammen in farbigem Schuber und auch einzeln lieferbar
Tom Sawyers Abenteuer. Roman. Deutsch von Lore Krüger. Nachwort von Jack D. Zipes
Huckleberry Finns Abenteuer. Roman. Deutsch von Lore Krüger. Mit einem Essay von T.S. Eliot
Bummel durch Europa. Deutsch von Ana Maria Brock
Ein Yankee aus Connecticut an König Artus' Hof. Roman. Deutsch von Lore Krüger
Meistererzählungen. Auswahl von Marie Louise Bischof. Vorwort von N.O. Scarpi

● Voltaire
Candide oder der Optimismus. Aus dem Französischen von Johann Frerking. Mit einem Nachwort von Ingrid Peter und einem Essay von Egon Friedell
Briefe aus England. Herausgegeben, übersetzt und mit einem Nachwort von Rudolf von Bitter
Denken mit Voltaire. Eine Auswahl aus dem Gesamtwerk. Herausgegeben von Wolfgang Kraus (vorm.: *Gedanken regieren die Welt*)

● Walt Whitman
Grashalme. Nachdichtung von Hans Reisiger. Mit einem Essay von Gustav Landauer